어쭈구리 야구단

어쭈구리 야구단

글 | 석민재

북레시피

프롤로그

고물상에 자주 간다. 오래되고 고장 난 것들의 더미 속에 잘못 팔려온 생생한 것 하나쯤은 있지 않을까 유심히 살펴보는 순간이 좋았다. 있는 힘을 다하여 둥글게 살았던 목구멍처럼 동그랗게 입을 벌린 고물그릇들을 보면 마치, 우리 같기도 하고.

다락에 올려놓은 종이상자를 오랜만에 꺼냈다. 77번은 나의 등번호. 유니폼을 모셔둔 지 여러 해가 지났다. 참가한 경기마다 적어두었던 어쭈구리 일기와 아들의 흰 셔츠에 팀 로고를 그려주었던 패브릭 크레용을 찾았다. 반가운 일이다.

저마다 '인생극장'이 아닌 삶이 어디 있고, '소설 한 권' 분량 이상의 인생사를 간직하지 않은 사람이 어디 있을까. 각박하고 힘들고 고된 세상이지만, 각색하지 아니한 날것의 야구 이야기, 찌질해서 더 가까워진 '우리들의 이야기'를 여기 적어볼까 한다. 회원들이 하나씩 기억을 소환해내면 나는 이를 대신해 글로 써내려갈 뿐이다.

다 말아먹고 고물상에 모였던 친구들은 지금 후배들의 힘이 되어 같이 벌고, 함께 먹고, 같이 놀고 있다. 경기니, 시합이니, 선수니 이런 말은 늘 어색하다. 자존감과는 별개로 우리는 늘 불편하고, 불안하고, 불쌍한 친구들만 모여 있기 때문이다. 고물처럼, 고물상처럼.

'어떻게' '어떤 이야기를' 써야 우리가 행복할까를 생각했다. 몇 권 읽어본 사회인야구 관련 책은 우리와는 너무나 거리가 멀었다. 전문성도 없고, 자랑할 만한 회원도 없고, 반납해야 할 강변 잔디밭 말고는 가진 것도 없는 우리가 내세울 만한 것이라곤 잘 모이고 잘 뭉치는 친구들과 회원들뿐이었다. 그리고 덤으로 동그란 정情 하나.

이런저런 생각으로 혼자서 자주 섬진강에 나간다. 공만 따라 움직이던 시선을 물결에 집중한다. 잠잠하다. 이 책은 잠잠하고, 찬찬하고, 진실했으면 좋겠다. 애써 꾸미지 않아도 글자와 글자

사이, 문단과 문단 사이사이에 우리의 숨소리가 잘 배어 있는 글이 되면 좋겠다. 마치, 힘이 있으면서도 철렁, 심장을 내려앉게 하는 좋은 시처럼.

펜스 밖이다. 그라운드골프 연습 중이다. 무거운 쇳덩이가 오늘따라 부드럽게 굴러간다. 강물이 남해바다로 빠져나갔다 들어오는 여기는 섬진강 하구다. 하동이다. 눈에 넣어도 아프지 않을 자식처럼 애틋하고 귀한 고향이다. 개를 데리고 산책하는 사람들이 야구장을 둘러보고 간다. 나는 개를 보고 지나간다.

시를 들고 합평회를 가던 날 기분 같다. 떨리는 마음 한편으로 혹여나 하는 기대를 품기도 했던…… 장원이라도 한 날이면 얼른 집에 가서 또 시를 쓰고 싶었던 한철, 겁 없이, 용감하게 손가락이 움직이는 대로 시를 썼던 그 지난날 같다. 초심으로 되돌아간 것 같기도 하고 처음 내딛는 한걸음이 풋풋하게 느껴지기도 하여 좋은 반면 힘들기도 하다. 이 글을 쓰는 내내 그럴 것이다. 신입회원 이야기에도 신중을 기해야 하고 이탈한 회원의 마음도 신경이 쓰이니 말이다.

'사회인社會人', 사회의 일원으로서 활동하는 개인. '야구단野球團', 야구 경기를 위하여 구성된 선수단. 새삼 사전 풀이를 옮겨

적어놓고 보니 좀 거창한 듯하다. 어쨌든 여기에 힘을 보태볼까. 하동군만 해도 '우리', '화이어불스', '하동화력' 이렇게 세 팀이 있고, 인근 광양시는 1부, 2부를 구분하여 리그전을 개막할 정도로 사회인야구가 조기축구만큼 인기가 있다.

주말경기라는 여건과 부부가 함께 할 수 있는 운동이 아니라는 점이 늘 미안하고 이해를 바라는 입장이다. 감사하게도 내가 만난 배우자들은 아이를 등에 업은 채 양손 가득 음식을 들고 야구하는 남자사람을 격려하러 종종 와주었다. 때로는 재료를 가져와 락커룸에서 어묵을 삶았다. 단체 채팅방 프로필에 '내가 야구를 할 수 있는 이유는 누군가의 희생 덕이다'라고 적어놓은 회원도 있었다.

혼자도 많다. 여전히 혼자이거나 오래전 혼자가 되었거나 연애 중이거나, 이런저런 이유로. 주말마다, 경기마다 참석율이 높은 이유다. 복이다. 좋게 갖다 붙이면 행복할 게, 감사 할 게 참 많다. 사람들이 모인다. 우리는 사람 볕을 쬐면서 사람이 되어간다. 둥글게둥글게.

동그랗게 만들어지면 좋겠다. 안 딱딱하게, 우리들처럼, 우리의 오빠, 아빠 이야기처럼 글이 동글동글해진다면 나도 웃겠다. 맛

있게 밥 한술 뜨듯 통통 튀는 리듬으로 쉽게 한 권 뚝딱 읽히는 책, 다 읽고 나면 짠해지는 이야기가 또 술술 나오는 책이 되면 좋겠다.

쫓아내도 나가지 않고 끝내 우리 손으로 만든 야구장을 이대로 지키고 싶다. 섬진강변 환경사업으로 야구장이 위기다. 야구장이라 부르기엔 터무니없이 작고 열악하지만 핸드메이드, '메이드 인 어쭈구리'를 잃고 싶지 않다. 한 땀 한 땀 장인정신이 어린 그 어떤 수공예품보다 더 정성들여 우리 손으로 직접 일구어낸 꿈의 구장. 창조, 창의, 창작, 그 어떤 표현으로도 모자란…….

바로 여기서 우리는 하동군 알프스 배 야구대회를 만들었고, 장애인 야구교실을 열었으며, 영호남사회인야구대회를 만들어냈다. 창고 문을 열면 내일 먹을 양식과 백팔 땀의 야구공과 한 방을 기다리는 배트와 보호 장비, 선수들의 헬멧이 있다. 섬진강이 영원히 흐르듯 우리도 영원히 이곳에서 살아 있고 싶다.

억민재 | 명예회원

차례

프롤로그   **4-9**

에피소드 I - 메이드 인 어주구리

2010년, 롯데슈퍼에서 명명하다   **16-20**

물상장려운동   **21-26**

장례식장 한 덩어리 싣고   **27-30**

싱글벙글, 창원방송국에서 촬영을 오다   **31-35**

각하, 아직도 열두 명의 선수가   **36-39**

23대0, 0대23   **40-43**

메이드 인 어주구리   **44-48**

출세, 어주구리 만세   **49-53**

부영, 스폰서 1호   **54-57**

영주스카이, 인 더 하동   **58-64**

크리스마스 인 더 고물상   **65-68**

해피 데쓰 데이, 2017   **69-72**

착한 녀석들   **73-78**

그래, 거침없이 가보자   **79-82**

84-89	동그란 정情을 주거니 받거니
90-95	연한 영향력
96-102	4번 타자여, 아무 걱정하지 말아요
103-106	'가오'냐 '가위'냐
107-110	셋이서 열에 병
111-114	닭보다 공, 닥치고 공
115-118	독고獨孤 탁
119-122	오십이 넘은 연우 손!
123-127	재첩밭에서 야구 해봤나? 야구 어디까지 해봤나?
128-131	생각 〉 사건 〉 사람
132-135	섬진강에서는 거북이도 달린다
136-139	하동명물집합체 대 아드레날린
140-142	사이렌, 데시벨, 메가폰
143-147	전업專業, 어쭈구리
148-151	동생들은 싸고, 형님들이 닦고
152-156	'야구'가 했는지, '야구하는 사람들'이 했는지

에피소드 Ⅲ - 어쭈구리人으로 통한다

휘영청 둥근 공	158-161
배터리	162-165
전교 꼴등이 6년 개근양 타듯	166-170
야구가 원수다	171-175
엔 형들	176-178
A형과 a형 사이	179-183
야매거나 사이비거나	184-187
박 씨가 다 해먹는다고?	188-190
일밤 터질 때까지 일컷	191-194
경비가 수비를 할 때	195-198
동방예의지국	199-203
입 년 후엔 게이트볼 칠까	204-209
야구는 로또다	210-213
부안갈매기, 이후	214-218
에필로그	220-224
추천의 말	225
[어쭈구리 야구단] 선수 소개	226-234

내가 날린 수많은 홈런 중에서 의익하고 때린 것은 하나도 없다.

베이브 루스*

---

* 조지 허먼 루스 주니어(George Herman Ruth, Jr., 1895년 2월 6일~1948년 8월 16일): 베이브 루스Babe Ruth라는 별명으로 더 널리 알려진 메이저리그 베이스볼의 전설적인 홈런왕이었다.

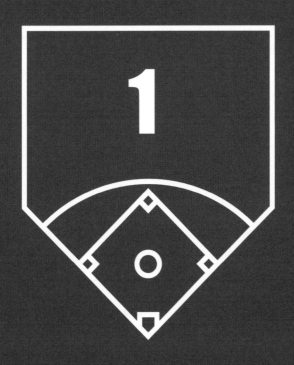

1

메이드 인 어쭈구리

2010년, 롯데슈퍼에서 명명하다

"우리 수준이 딱 어쭈구리."

십칠만 칠천 원. 라면, 만두, 두부김치, 달걀프라이. 오늘도 한 잔치고는, 동네 구멍가게에서 먹은 술값치고는 많이 큰 돈. 훗날 생각할 때마다 십칠만 칠천 원어치나 웃을 이야기. 운명이다. 롯데슈퍼는 운명이다. 롯데다. 자나 깨나 롯데를 응원하던 2010년의 하동읍, 여름.

박정희, 여영모, 김기철, 김경균, 이재탁 그리고 최용환, 이기석, 유상철. '뿔자(볼 갖고 놀자)'라는 촌스럽고 술주정 같은 이름을 버리고 우리도 베어스, 타이거스, 드림스 하듯 '~스'럽게 이름 짓자는 말을 정희가 꺼냈고, "얼추 비슷하게 만들면 되겠네?"라고 기철이 받아치는 바람에 "어쭈~스", "그래~스" 하다가 "어쭈구리"라는 이름이 생겼다.

하동종고 유리창을 깼다. 방학 중 조용한 운동장에서 야구하다가 기철이 친 공이 3층 교실 창문으로 날아갔다. 별일은 없었고 롯데슈퍼에서 술잔이 오가는 사이 학교에도 밤이 찾아왔다. 여덟 명이 앉아 중지를 모아 만든 이름이 꼴랑, "어쭈구리".

박카스 한 박스를 옆구리에 끼고 행정실로 들어갔다. 깨어진 유리는 벌써 갈아 끼워졌고, 뒷걸음으로 나오면서도 내내 "죄송합니다"라는 말만 한 다섯 번은 한 것 같다. 아이도 아니고 마흔보다 더 많은 나이를 먹고도 학교 유리창을 깨다니.

놀린다. 멋진 이름 다 두고 어쭈구리냐고. 어원을 찾아 지식사전을 보아도 어쭈구리는 없다. 표준어도 아니고 고사성어는 더더욱 아니다. '어주구리魚走九里'는 '물고기가 9리九里를 달리다'의 뜻이라는 표현은 있다. 물고기가 먼 거리를 달린다는 것은 있을 수 없는 일이다. 그래서 능력도 없는 어떤 사람이 능력 밖의 황당한 말을 하거나 행동을 할 때 이 단어를 쓴다고 설명한다.

딱이다. 수준에 딱 맞은 말. 기똥차게. 물고기가 9리를 달린다니. 더위를 먹었든지 술 탓이었든지 그렇게 팀명이 지어진 가운데 앞으로 어떤 일이 펼쳐질지 꿈도 꾸지 못하던 여름이 있었다. 그런데 '어쭈구리'라는 이름만 듣고도 방송국에서 귀 기울이는 미래가 올 줄이야…….

이름값을 하라고 부모들은 종종 말한다. 비싼 이름값을 내고 지은 이름이니 앞으로 이름값을 해야 한다는 말이 영 웃기긴 하다. 어쨌거나 유니폼도 맞춰야 하고, 현수막도 걸어야 하고, 생활체육회에도 팀을 알려야 하고, 무엇보다 가족들에게, 아이들에게 야구단 이름을 말해야 하는데 '어쭈구리'라니…….

개명하는 사람들이 주변에도 많다. 이름으로 놀림감이 되어 왔거나, 정말 인생이 꼬였거나 하는 등 억울한 사연들을 입증해야 법원에서 개명을 허락해준다는 얘길 들었다. 앞으로 닥칠 위기, 박탈, 비웃음, 좌절 앞에서 우리는 이름 탓을 하며 투덜거리고 있을까? 아니면 정말 9리를 달리는 물고기처럼 9회 말까지 악으로, 깡으로 버티고 있을까?

오랜만에 롯데슈퍼에서 모였다. 고등학생 아들을 학교에 태워다주면서 옛날생각이 났다는 기철의 말에 "벌써 팔 년, 손가락 두 개만 더 펴면 십 년"이라고 누군가 한마디 거든다. 두부김치, 달걀프라이. 안주 맛은 변함없지만 술 체력은 달린다. 반백발이 된 머리가 대변해주듯 새벽까지 질주할, 이름값 십칠만 칠천 원어치의 술을 마실 오기가 반쯤이나 줄었다.

뭉쳐서 읍내를 돌아다니면 지나가는 사람 열에 셋은 우리를 보고 어? 어쭈구리네? 하고 알아본다. 연예인도 아니고, 연애인도 아니지만 걸음걸이조차도 조심해야 할 때. 술 조심, 입조심, 뭐든 조심해야 할 때. 정박한 배처럼 배섬*에서 내일을 도모할 때. 지금이다. 함께 노력하고 서로를 발전시키며 서로로 인해 행복을 느낄 때. 우리가 행복하기에 다른 사람들 또한 행복하게 만들어야 할 때다.

---

* 배섬: 하동군 하동읍 비파리의 마을 이름. 마을 전체가 섬진강이었을 때 작은 산 하나가 섬처럼 보여, 배섬이라 불렀다. 박정희의 '나은통신' 사무실이 있는 곳.

초창기 야구단 로고(여영모 그림)

물상장려운동

늘 망하고 없고 안 되고. 자신감이 바닥났을 때 고물이 한 차 들어왔다. 악양면에서 재활용 수집대회를 마치고 수거해온 고물들. 아이들은 아버지 직업란에 고물상이라는 말을 썼을까 안 썼을까. 무역업이라고 해도 맞는 말이다.

안장이 없는 자전거는 좌불안석인 내 모습 같고, 국기 없는 국기봉은 국경 없는 이주노동자 같고, 마음이 허한 날 고물을 보면 감정이입이 되어 혼자 있기에는 많이 쓸쓸하다. 친구가 온다. 크고 작은 사업을 잘 말아먹은 동질감이 철철 넘치는 친구들. 울컥해지는 감정을 추스르고 오늘 들어온 고물 속으로 들어간다.

비에 수차례 맞아 곰팡이 꽃이 핀 나무 방망이를 들고 스테인리스 밥그릇을 날렸다. 교향악단의 심벌즈처럼 기다렸다는 듯 '챙~' 소리를 내며 날아간다. 우리들 야구의 첫 시작을 선포하듯 마구마구 밥그릇을 날렸다. "정희야, 우리 야구하자." 박정희도 시원하게 날려먹었다. 또 누가 차를 몰고 고물상으로 들어온다. 방망이가 될 만한 것을 찾고, 바람 빠진 고무공이라도 있나 고물상 여기저기를 뒤진다.

하루가 지나 1루가 생기고, 일주일이 지나 2루가 생겼으며 한 달이 지나자 3루가 생겼다. 고물을 가운데 두고 베이스라고 치는 포대자루만 세 뭉텅이. 퇴근하면 고물상으로 달려오는 친구 덕에 1년, 3년, 또다시 3년을 견뎌냈고 그리고 지금도 견디고 있다. 살다 보면 살아진다는 말이 참 성의 없는 말 같으면서도 친구처럼 그냥, 있는 그대로 위로가 된다.

글러브를 샀다. 야구공을 샀고 친구들에게 야구하자는 말을 자꾸 했다. 늘 묵묵히 고개로 말하는 정희가 방망이를 사왔다. 우리도 야구장이 있으면 하고 소원했다. 아니다, 팀이 생기면 좋겠다고 먼저 빌었다. 아니다, 빌고 자시고 할 것도 없이 친구들이 전부였다. 외야는 산이 다 막고 있고 내야는 고물이 가득하니 발로 쓱쓱 밀어붙인 고물과 고물 사이에서 놀았다. 아이들보다 더 즐겁게, 탱탱하게.

죽을까봐, 정말 안돼 보여서 친구들이 와주었다. 하는 일마다 망해먹고 고물만 남은 친구가 죽을까봐 매일 찾아왔다. 정희도, 재탁이도, 기석이도 고물상에서 매일 살았다. 악착같이 일했지만 사업실패로 인해 삶의 형편은 늘 1루까지도 채 도달하지 못할 만큼 어려웠고 가족들에게 미안한 영모와 정희는 집 [Home]으로 편안하게 세이프되어 들어가지 못하였다.

그래도 야구공의 개수는 점점 늘어났고 어떤 방망이가 좋은지, 또 어떤 방망이가 유행인지 알고, 진주 시내에 야구용품점이 있다는 것도 알게 되었다.

메아리가 깜짝 놀라 도망칠 정도로 타이어를 두들겼고, 고물이 더 고물이 되도록 치고, 던지고, 부수고, 깼다. 시원했다. 고물 치우러 갔다가 섬진강을, 잔디밭을 만났다. 공을 들고 다시 갔다. 폐타이어를 들고 또 갔다. 하루, 이틀, 한 해, 두 해. 쫓아내도 갈 데가 없는 사람들이 자주 쫓겨났고 다시 짐을 풀었다. 우리가 잘하는 '버티기' 중이었다.

미쳤다고 했다. 비를 맞으면서도 하루가 아까워 뭐든 만들어

세웠다. 무너진 자존감이 조금씩 일어섰고, 그건 **빨간 독촉장**이 가득한 곳에서 탈출할 유일한 길이었다. 녹슨 포클레인을 타고 강변으로 출근하던 시절이었다. 정말 야구처럼 '끝날 때까지 끝난 게 아닌' 아무도 모르는 일이 시작되고 있었다. 누가 보든 말든 신경 쓸 여유조차 없던 시기였다.

작정하고 시작했다면 재미없거나 하다가 말았을 거다. 시절 인연처럼 흐르는 대로, 의도 없이 출입구 없이 굴러왔다. 누군가가 나가면 거기가 출구였고 또 누군가가 들어오면 여기가 입구였다. 자연스럽게, 부드럽게 울도 담도 없는 곳에서 울고 싶은 사람들이 놀았다. 그게 다였다. 우리가 응원하는 시인도 여기서 울었고, 울려고 온 건 아닌데 함께 있다 보니 어쩔 수 없이 울었다.

역모란다. '영모'를 '역모'인 줄 잘못 알았다는 읍내 죽집 사장님. 과음을 한 다음 날 아침밥은 죽이다. 죽이게 맛있는 소고기미역죽. 주문을 하고 찾아온 죽 봉투에는 '여역모'라는 이름이 붙어 있다. 역모라니. 세상을 갈아엎을 위인이라니. 종이봉투를 버리지 않고 돌아가지도 않는 CCTV 모니터 위에 올려두었다. 고물상 잘 지켜줘, 역모야.

야구하는 '역모', 영모

여영모 | 초대 단장

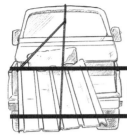

장례식장 한 덩어리 싣고

하동 장례식장이 근사해진다. 고물상에 연락이 왔다. 장례식
장 한 동 뜯어가라는 말. 일 좀 하는, 한 삽질 하는 동생과 친구
들이 집합하고 포클레인, 크레인이 동원되었다. 이재탁, 전영
주, 고물상 트럭, 그리고 무게가 가벼운 유상철, 키 큰 이수현
이 있다. 뜯는 작업은 형들이 하고 지붕 위에 올라가 용접하는
일은 동생들이.

섬진강변에 터를 잡고 야구가 아니라 야구 비슷한 것을 했다.
먼저 잔디공원을 허락받은 그라운드골프 클럽 어르신들이 쫓
아내면 몰래 또 공을 치고, 하동군청에서 단속 나오면 공을 더
세게 치면서 한 평이라도 더 차지하려고 애썼다. 애가 많이 탔
다. 그러다가 죽음의 공간, 장례식장 한 덩어리를 싣고왔다.

고물로 팔린 축구골대에 그물을 쳤다. 축구공 대신 야구공이 그물에 걸렸다. 신났다. 이것도 감지덕지라고 주말마다, 아니 일이 끝나면 너나 할 것 없이 섬진강으로 모여들었다. 하우스 한 동을 얻었다. 다 고물상 덕이다. 철거하라는 비닐하우스 한 동을 파이프 하나하나 보물처럼 싣고와 덕아웃*을 만들었다. 말만 그럴싸하지 창고 겸, 불펜 겸, 아지트 겸이었다. 그렇게 겸사겸사 어떤 핑계를 만들어서라도 매일 그곳에 모여 놀았다. 볼 갖고 놀자, 뽈—자 하면서.

이러다 비싼 고철은 팔지도 못하고 야구장 건립에 다 쓰였다. 강파이프가 고물상에 들어왔을 때 얼마나 기뻤는지 트럭에 싣고 야구장으로 달렸다. '우리가 쇠가 없나 산소가 없나' 그러면서. 펜스는 보기 좋게 구색을 갖추었지만 태풍 온다는 뉴스만 들으면 집 걱정보다 야구장 걱정에 밤잠을 설쳤다.

강철도 버티기 힘들었던 태풍이 지나갔다. 일터로 나가기 전 야구장에 먼저 들렀다. 애지중지 가내수공업하듯 만들어놓은 야구장이 난리다. 영주가 포클레인으로 파이프를 세우고 백 미터도 더 멀리 날아간 그물을 걷어왔다. 하우스는 온데간데

---

* 덕아웃Dugout : 경기가 진행되는 동안 감독, 선수, 코치들이 대기하는 장소.

없다. 남해바다까지 시원하게 가버렸는지 몇 주 동안 우리들의 갈비뼈는 안녕하지 못했다.

누가 그랬다. 어쭈구리는 야구장 건설에 동참해야 제대로 회원이, 어-쭈가 된다고. 이 말이 무섭고 슬프다. 예식장도 아니고 장례식장 한 동을 떼어다 다시 조립하면서도 웃는다. 얼마나 좋은지. 누가 죽었는지 살았는지 그런 걸 떠나서 우리에게 튼튼한 지붕이 생긴다는 것만으로 얼마나 축하할 일인지. 아직 태풍은 오지 않았다.

투수, 내야수, 외야수, 포수…… 말만 들어도 근사해졌다. "번호와 이름 확인하겠습니다." "예, 22번 최용환." 독백을 하면서, 연극을 하면서, 양철지붕에 파란 페인트칠을 하면서 웃는다. 땀을 식혀줄 그늘이 한 평씩 늘었고, 비 맞지 않고 빵을 먹을 수 있는 덕아웃이 생겼다. 좋아하는 사람들과 자랑스러운 일을 한 생애 최고의 순간이었다.

야간조명이 잘 되어 있는 강변테니스장을 볼 때마다 부럽다. 산책하는 사람들이 잠깐 스쳐가는 쇠락한 공터가 야구장답게 변해가고 있지만, 전기시설은 고사하고 이 땅마저 뺏길까 전전긍긍하는 중이다. 지키기 위해서 경기를 더 많이 하고, 연습을 쉬지 않고 하고 있다. '힘들다'는 생각을 할 겨를도 없이 해가 뜨면 만들고 고치고.

공부 못하는 학생들이 책상부터 정리한다는, 초등학생도 다 아는 말이 생각난다. 책상을 몇 년을 치웠는지 아니, 책상부터 만들었던 우리는 참가하는 경기마다 속수무책 패하고, 또 패하고 망했다. 하지만 훌륭한 과외선생을 만나 꼴등이 일등하는, 실로 언빌리버블했던 우리의 이야기는 상대팀용 덕아웃이 완성되고 나서야 시작되었다.

전영주 | 포수

싱글벙글,
창원방송국에서 촬영을 오다

"라디오 틀어놔라. '싱글벙글 쇼'에 우리 이야기 나갈 끼다."

장도안이 한 건 했다. 〈강석 김혜영의 싱글벙글 쇼〉에 보낸 사연이 채택되어 어쭈구리 이야기가 터졌다. 전국이 웃었다. 우리도 현장에서, 포클레인 속에서, 트럭 안에서, 고물상에서 배꼽을 쨌다. 말도 없이 사고를 제대로 쳤다. 시원했다.

읍내 행님들도 어쭈구리가 뭐냐고 비웃다가 또 진짜 웃다가…… 우리도 사실 웃겼다. 서울사람들은 또 얼마나 웃겼을까. 이름만 들어도 우습다면서 김혜영 씨가 채택한 이유를 말했다. 우끼지, 우리가 좀 많이. 하동 사투리는 경상도 사투리와는 다른 면이 많다. 섬진강을 사이에 두고 전라남도 광양시

다압면이고 경상남도 하동군 하동읍이다.

지척이라 하동 사투리는 광양 사투리가 섞여서 경상도 말도 아니고 전라도 말도 아니라고 객지사람들이 그런다. 하동 사투리가 맞지만 억양에 있어서 남도 사투리가 좀 섞인 듯 느껴지는 말들이 있다. '싱글벙글 쇼'는 긴 시간 동안 도안이의 사투리 열전과 턱도 없는 야구 이야기로, 까놓고 말해 어쭈구리 쪽을 다 팔게 된 사건 중의 사건이었다.

사람들은 왜 어쭈구리— 하면 이름만 들어도 웃을까. 우리는 진지한데. 남해리그에 첫 출전 명단을 올리고 어마어마한 일이 벌어졌다. 상철이 탓이다. 민재가 상철이랑 밥을 먹다가 우리 팀 이야기를 듣고는 그 자리에서 창원 최 피디에게 전화를 했다. 오랜 지인이라 한 방에 통했는데, 그 내용이 세상에……

"세상에, 하동에도 사회인야구단이 있는데, 이름이 어쭈구리야. 고물상에서 방망이 하나로 시작된 야구가 이젠 섬진강에서. 캐릭터가 웃기고 슬퍼, 남자 미용사도 있고, 미혼부도 있고……" "뭐 그런 이름이 다 있노, 골 때리네, 드라마네 드라마. 내가 KBS 창원방송국에 사연 넣어볼게."

진짜 왔다. 매실이 잘 익어 수확하기 좋은 날 비싼 카메라 들고 방송국에서 왔다. 남해리그에도, 마산야구장에도, 매실밭에도, 고물상에도, 용환 미용실에도, 포클레인 현장에도 카메라가 들어왔다. 상철이 덕이다. 이젠 어떡하지? 저질러야지. 우리가 잘하는 거, 저지르기. 수습을 걱정하면서 살았던 우리가 아니라 다행인 건지 어쩐 건지.

힘이 났다. 어떻게 만든 야구단인데. 읍내 주민들마저 강변산책을 하지 않으면 야구장이 있는지, 야구단이 있는지 몰랐다. 본방사수. 식당주인도 집중. 명태탕이 펄펄 끓고 있었고 하동군민이 지금 모두 시청자이기를 희망하면서 우리도 집중. 촌스럽고 어색할 줄 알았는데 자연스럽고 감동이었다. 울기도했다. 그리고 친구, 지인들의 전화가 반년간 계속되었다. 재방송 덕분이었다.

일등만 기억하는 세상에서 꼴등을 일등으로 찍어준 방송은 우리에게 전설로 남았다. 신입생이 꼭 들어야 할 고정 이야기. 영상을 다운받아 스마트폰으로 가끔 본다는 안진한 국장. 생생한 스토리가 많은 우리의 삶은 카메라만 들면 영화가 된다. 꾸미지 않아도 사는 게 영화 같아서 수월하게 촬영되었다.

최정우 PD. 고향전문, 어르신전문 VJ로 〈우문현답〉*에 출연 중인 오랜 벗이다. 2017년엔 영화 〈나부야 나부야〉로 감독 데 뷔를 했고, 역시 하동에서 촬영했다. 2018년 전주국제영화제 에 초청되었으며, 9월 극장에서 상영된다. 오래되고 귀한 벗 처럼 우리 야구단도 오래오래 좋은 소식으로 보답해야 할 은 인이 생겼다.

---

* 우문현답: 경남 KBS 프로그램 이름.

고성민 (12) / 억영초등학교 5학년 · 어우구리 야구단 우익수

평소에 비해 좀 어때요?
더 잘하는 것 같아요

KBS 창원
재연

챙겨 놓아 갠네

유명호 (42) / 컴퓨터학원 원장 · 어우구리 야구단 감독

KBS 창원

등록된 회원이 많이 있지만
그날그날 참가하는 사람이 몇 명이냐에 따라

각하,
아직도 열두 명의 선수가

아버지가 아니라 할아버지다. 박정희라는 이름을 지으신 분이. 그러니까 그 당시 대통령이, 대통령이 아니었을 때 할아버지는 손자 이름을 미리 지어놓으셨다. 한자는 같고 성격은 하나도 안 닮았다고 말하는 게 지금은 유익하다. 명함을 내밀면 다시 묻는다. 정말입니까.

각하라 부른다. 각하께서, 어쩌고저쩌고. 하도 많이 들으니 이물스럽지가 않고 누가 그렇게 부르면 이젠 자연스럽게 돌아본다. 각하, 이 얼마나 높고 위대하면서도 쓸쓸한 자리인가. 감독이 되었다. 야구도 공부를 해야 하는데 다들 책과는 멀고, 다만 평소 무협지를 즐겨본다는 이유로 야구 공부를 떠맡게 된 감독. 야구동영상을 보면서 스텝 바이 스텝.

유명홍이 잠시 감독을 맡았던 한 해를 빼고는 창단 이후부터 박정희가 감독을 하고 있다. 어렵다. 야구는 갈수록, 할수록 어렵고 회원들이 늘어날수록 더 힘들다. 투수교체 시기로 인한 스트레스는 구속보다 더 강하다. 매 순간 집중을 요하는 야구는 편두통 유발자다. 그래도 야구라서, 야구니까 괜찮다.

서로 변명도 커지고 갈등도 커진다. 하지만 감독을 믿어주는 마음도 덩달아 커져가기에 이 자리가 비어 있지 않는 것이다. 배섬이다. 동네 산이 섬처럼 있는 작은 동네. 하동읍이 섬진 강이었을 때 이곳은 진짜 섬이었다. 이 동네에 창고 같은 공간 한 칸을 임대해 사무실로, 우리 아지트로 쓰고 있다.

박정희는 광양제철소에서 CCTV 유지 보수를 맡은 업체 대표이며 유상철, 이수현을 직원으로 채용했다. 단, 야구라는 까다롭고 흥미진진한 조건을 걸고.

셔터 아래에 열쇠가 있다. 일찍 퇴근한 사람이 주인이다. 차석환, 김기철, 전영주가 단골이며 요즘은 박상민도 상주고객이다. 같이 가는 거고, 함께 사는 거다, 야구처럼. 박정희는 장남이 아닌데도 장남이었다. 과거는 안녕한지 물어본다. 배를 탔고 손가락을 잃었으며, 김을 팔고 양말을 팔았다. 혹독했던 청년시절을 지나고 나니, 큰 덩치가 반쪽이 되어 있었고 이가 약해져 좋아하는 간장게장을 못 먹는다.

배다. 섬이다. 선수명단을 제출하고 나면 전쟁이다. 이기지 못하면 비겨서라도 우리 팀을 지켜야 하는 질긴 승부의 세계. 신기하다. 각하와 배섬. 마치 야구단 감독이 운명 같다는 생각에 소름이 돋는다. 사무실이 춥다. 열두 선수가 들이닥치기 전에 난로를 피워야겠다. 딸에게서 전화가 온다. 아빠 어디야? 오늘도 배를 타고 있다.

감독이라니. 정화수 떠놓고 간절히 빌던 어머니가 생각난다. 매번 가슴을 졸이는 심정으로 경기마다 출석해야 한다니. 야구, 모른다. 아무도 모른다고 유명한 감독들도 하나같이 그랬다. 그래서 할 수 있었다. "야구는 살아 있는 생물" 같아서 변화무쌍하다고 데이터 야구의 개척자 김성근 감독이 말했으며, 김응룡 감독은 "야구는 바람"이라는 시적인 표현을 했다. 야구? 평생을 해야 바람인지 생물인지 그 어떤 한 문장이라도 말할 수 있겠지만.

모르니까 물어야 하는데 뭘 물어야 할지조차 모르는 초짜였다. 공이 나아가는 방향에 정해진 길이 없듯 보이는 모든 게

허공 같았다. 동반성장을 했다. 교학상장教學相長이라는 표현
이 맞았다. 가르치는 자와 배우는 자가 함께 성장하고 있었
다. 쩝-이 안 되는 도전이었고, 그게 다 경험이고 성장의 발판
이었다. 고물에서 고른 골프채로 땅바닥에 그림을 그리며 하
나하나 이해를 바랐고, 열 번을 설명해야 하나를 받아들였다.

동네야구에서 벗어나려면 항상 준비가 되어 있어야 했다. 기
회가 오면 놓치지 말아야 한다. 도민체전이나 생활체육대전
참가는 하동군 대표라는 자부심도 얻고, 온전한 구단임을 인
정받는 계기가 된다. 기를 쓰고, 시합할 수 있는 능력을 인증
받아야 했다. 자칭 외인구단 말고, 공인인증이 필요했다. 배를
몰듯 파도를 뚫고 나가야만 했다.

박정희 ㅣ 단장(전 감독)

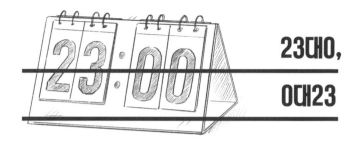

23대,
0대23

2013년 10월, 함안에서 생활체육대전. 하동군 대표팀을 꾸려 경기신청을 한다. 들떴다. 야구팀 생긴 이래 첫 대외경기. 그러나 어쩌나! 첫 게임 상대는 우승후보 창녕군. 대진운도 없지, 실력은 더 없지.

안개만 있었어. 하늘에서 공이 자꾸만 사라졌어. 안개가 심해 경기가 한 시간 지연되었건만 이후로도 경기 내내 실책과 부진을 안개 탓으로 돌렸으니 더 부끄러웠어. 이수현 삼진. 안진한 삼진. 여영모 삼진. 김기철, 박정희의 안타만 빼면 올 삼진이었어.

야동(진실로, 야구동영상) 보고 공부한 우리가 어찌 우승후보를 이기랴. 23대0, 4회 콜드로 우리의 실력은 경남에서 망신, 망신 개망신. 어제 먹은 밥값도 아깝고 하동으로 향하는 기름 값도 아깝다는 말은 속으로 삭힌다.

안개가 심하면 경기가 취소되는 건 정례지만, 사회인야구든 우리끼리 야구든 어쨌든 이날 이후 안개는 징크스가 되었다. 부산의 어느 선수는 경기 전 자판기커피를 꼭 마셔야 하는 징 크스가 있다던데 이참에 우리 회원들의 징크스가 무엇인지 물어본다.

짧은 야구경력에 야구장 징크스는 아직 이르지만, 막노동판 이나 전기판이나 고물판이나 이 판 저 판 뭐 재미있는 이야기 없는지 돌아오는 길 내내 억지로라도 웃겨본다. 사무실 화분 이 깨졌는데 입찰되었다는 옆 사무실 이야기 말고, 양말 같은 거, 빨강양말 신으면 안타를 치더라, 이런 거 말이다.

이러다 내년에 큰 대회는 못 나가게 되는 건 아닌지. 감독과 단장은 울상이다. 불쌍하다. 이런 점수가 역대에 없었단다. 축 구선수들이 왔다. 우리는 첫날 집에 왔고, 축구선수들은 폐회 식까지 보고 우승컵을 들고 왔다고 신문에 나왔다.

아무 일도 없었던 듯 주말은 오고, 아무렇지도 않은 듯 우리는 야구를 했다. 기수 형은 더 힘껏 공을 던졌고 진한인 안타를 쳤다. 기철이는 토목공사 한 건이 입찰되었다. 안개는 없었고 섬진강은 재첩 잡기 좋은 물때였다. 토요일도 근무를 한 광양 트리오가 캔 맥주와 쥐포를 사왔다. 그라운드골프를 하던 어르신들이 잔디를 잘 깎아주어 고맙다며 오만 원이 든 봉투를 주셨다. 야구공이 얼마인지 몰라도 몇 개 사서 실컷 치라는 말과 함께.

일어나야지 뭐하노. 놀아도 야구장에서 놀자, 기죽지 말고. 착각하고 있었는지도 모른다. 포수실책, 외야실책, 경직된 플레이는 자멸극이었다. 긴긴 훈련 끝 몸에 잔뜩 들어간 힘과 상대 투수들의 공은 기껏 쌓아놓았던 자신감을 단숨에 무너뜨렸다. 겉으로는 웃으면서, 괜찮은 척하면서 감독의 일침이 언제 터치나 눈치 보는 일요일이었다.

이기는 것보다 지는 것이 당연한 우리지만, 또 그게 맞지만 매번 맥없이 무너지니 문제다. 분위기의 반전이 절실할 때 하늘에서 천사가 오셨다. 선수들의 능력이 부족하니 여러 명이 갖춘 능력을 최대한 짜내고 묶어서 맞서는 '합체'를 가르쳐주셨다. 쌍방울 레이더스 선수출신 충민 천사님이 오셨다. 할렐루야.

기록의 사나이 김충민. 프로야구에서는 깜짝 스타였다가 잊힌 지 오래된 이름이지만, 고물 같은 우리를 보물로 만들어준 일등공신. 남몰래 받은 쪽집게과외처럼 김충민 선생님은 우리의 성적표를 미달에서 우수로 바꿔놓았다.

김충민 선수의 통산기록은 415경기 0.226타율 196안타 27홈런 104타점 19도루. 1993년 쌍방울 레이더스에 지명된 후 1997년 한화로 트레이드되었다. 1998년 한화에서 주전 포수 자리를 꿰차며 커리어 최다 경기인 123경기 2할 4푼 8리에 40타점 11홈런을 때려내며 장타력을 뽐냈다. 1999년 한국시리즈 엔트리에도 들어 우승반지까지 얻는 쾌거를 이루어냈으나 SK 와이번스로 트레이드된 후 부상으로 은퇴했다.

김충민 I 코치

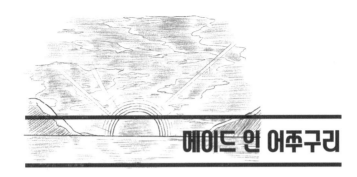

메이드 인 어쭈구리

야구장의 머리카락이 길어 미용사가 왔다. 용환 말고 진한이다. 가위 말고 꼬마자동차 붕붕. 농업기술센터에서 농기계수리를 하고 있는 안 가이버. 작은 스포츠카를 타고 잔디를 깎는 날은 완전무장이다. 고글에 농약 칠 때 입는 방제복장까지.

예초기냐 예취기냐 분분하다. 예초기는 풀을 베는 데 쓰는 기계, 예취기는 곡식이나 풀 따위를 베는 기계라니 둘 다 맞는 표현이다. 새날을 끼우고 휘발유를 주입하고 예초기를 든 뒤태는 영주. 짱짱한 일꾼. 눈도 크고 코도 크고 목소리도 크고. 형과 동생 사이에서 차남 역할을 한다. 여동생이 있다면 영주한테 시집보내고 싶은 마음이 절로 드는 탐나는 총각.

섬진강변 대청소다. 야구장 청소하는 날은 강변산책로와 가로수 길도 도맡아 치운다. 세상에서 가장 아름다운 길, 19번 국도 거기. 하동포구 80리 그 어디쯤에서 야구를 하고 있다. 언제 쫓겨날지 몰라도 지속적으로 야구장을 다듬고 가꾸면서.

윤슬이라는 단어를 처음 들었다. 섬진강을 조용히 바라보던 이기석이 강 빛이라고, 햇빛에 비쳐 반짝이는 잔물결이라고 '윤슬'이라는 순우리말을 가르쳐주었다. 한 십 년쯤 여기서 야구를 하다 보면 우리는 모두 시인이 될 것 같다. 강둑에 떨어져 있는 야구공 하나를 줍는다. 누가 날린 공일까. 멀리 날린 그의 마음을 줍는다. 연습할 시간도 없이 순천으로 해가 넘어간다. 집에 가자, 우리도.

종일 유독 페인트를 칙칙 뿌리며 자동차 도색한 박정배도 집에 가고, 제철소에서 눈 빠지게 일한 수현이, 상철이도 집에 가고, 이만 원짜리 파마 세 건을 한 용환이, 높으신 어르신 모시고 저 멀리 차 몰다 온 기수 형도, 병준이도 집에 가고, 면민 잔치에 음향설치하다 서서 도시락 먹은 우석이도, 다리 다친 명홍이도 집에 가고.

참 예쁘다. 순천으로 넘어가는 해. 순천만 갈대밭에선 일몰

사진 찍는 사진작가들이 한창 찰칵찰칵 숨 가쁜 작업 중이겠
다. 사진 찍자. 먹는 게 남는 거라지만 야구장에서 만들어가는
추억들 사진으로 많이 남기자. "진한아 사진 안 찍고 뭐하노."
사무국장의 말이다. 영리하고 꼼꼼하고 형들에게 인사 잘하
는 사무국장. 개구리같이 툭 튀어나온 눈이 매력적인. 이상하
고 신기하게 웃는데 웃음소리를 글로 표현할 수 없는 게 영 아
쉽다. 안 웃겨도 웃고, 이상하게도 웃는 진한이가 여러 해 사
무국장으로 고생하고 있다.

어쭈구리 사진첩에 사진을 올리고, 어쭈— 오늘의 일기를 한
바닥 업로드한다. 댓글이 달린다. 정희가 밥을 산다고. 고생한
회원들에게 한턱낸다는 반갑고 배부른 댓글 감사.

바를 정正 자로 투구의 수를 적을 때마다 마음이 이상하다. 착
하게 살자는 마을 입구의 표지석을 보는 듯 기분이 묘할 때가
있다. 경기하면서 적다 보니 놓치는 것도 많고 특히, 수비일 경
우의 기록이 허술하다. 가장 중요한 기록이 늘 부족하다. 점점
나아지길 바라며 천천히 가자는 회원들의 마음이 괜찮다 하
는데 이렇게 하다가는 봉사만, 청소만 하다가 야구 끝나겠고.

어쭈구리 로고를 크게 만들었다. 벽에 붙이니 근사하다. 비로

소, 누가 봐도 여기는 어쭈구리 구장이다. 우리 것이다. 행사 후기를 지역신문에 내고, 섬진강변야구장이라는 장소를 공개했다. 야구장이라고 '못'을 박아버렸고 '못을 빼'라는 말은 나오지 않고 있다. 다행이다. 시간이 지나 로고가 변색이 되면 또 붙일 것이고, 경기가 있을 때마다 현수막도 여러 개 대문짝만하게 훤히 보이게…… 후기도 긴긴 글과 사진으로 멋지게 알릴 것이다. 메이드 인 어쭈구리. 우리가 만들었다는 것을 전국 방방곡곡에 알릴 것이다. 그리하여 꼭 지켜낼 것이다.

박정배 | 감독(전 코치)

2013년 11월 3일
어쭈구리야구단 간판 칠하기(영주크레인 타고 최용환 미용사 그리다)

출세,
어쭈구리 만세

녹화는 진행 중인데 오늘따라 1루는 멀어 보이고. 2013년 5
월 25일. 영호남 사회인야구대회 첫 경기다. 촬영 첫째 날이
다. 상대는 남해 마이다스. '마이다스, 우리만 빼고 다들 이렇
게나 멋진 이름을 잘도 만들었구나.' 상대가 마이다스인데, 똥
도 금으로 만든다는데, 부담 갖지 말고 우승하자는 참 어려운
숙제를 던지는 감독은 명홍이, 유 감독.

카메라가 비추고 있다는 의식 탓인지 다들 평소보다 몇 배의
힘을 냈다. 이겼다. 13대9로 승. 등번호 55번의 유 감독이 방
송 인터뷰에 오늘의 각오를 말하는 중 작전내용이 상대팀에
게까지 다 들려 아무 소용없게 되었지만 그래도 이겼다. 매번
지다가 방송 나온다니까 이겨버렸다. 본방에는 누가 나가게

될지 모르지만 너도나도 오버액션을 하고 말도 많고 탈도 많았던 여름 같은 봄.

창원 KBS 〈스토리 人〉. 한 달간의 촬영 끝에 2013년 6월 20일 1부 방영. 다음 수요일 7시 30분 2부 방영. 돌리고 돌리다 재방으로 전국 방방곡곡에 방영. 출세, 만세! 돌려보기를 하며 이때를 회상하는 회원들도 있고, 전설처럼 남은 이 이야기를 신기한 듯 찾아보는 신입도 있었고.

매실밭 봉사활동 장면 찍다가 슬리퍼 신고 미끄러진 경균이, 손님이 자꾸 와서 인터뷰하다 파마 말고 또 인터뷰하다 머리 말리고 하던 용환이. 무얼 하든 인간극장이 되는 구구절절 사연. 고물상 전설은 어쩌면 신화처럼 살아남아 하동, 그리고 사회인야구의 역사가 될 것이다.

알에서 태어났다고? 아니지. 고물상에서 태어나야 진정한 신화라 생각하며 자위해본다. 수명을 다한 그릇들의 집합체를 보아도, 명분이 사라진 자전거, 바람만 남은 선풍기, 달리기를 멈춘 러닝머신을 통해서도 신화를 생각한다. 죽어가는 것이나 유통기한을 이미 지난 것에서도.

살았거나 살아 있거나 모든 것은 소중함을 고물상에서 배운다. 물상투어. 어쭈구리가 궁금하다면 하동군 하동읍 목도리 하동고물상으로 오라.

사진을 찍는다. 흑백이든 컬러든 고물을 찍으면 보물사진이 된다. 백팔 땀의 야구공과 닮았다. 이 그릇은 도대체 몇 번의 밥을 담았을까. 저 숟가락은 누구의 입을 즐겁게 했을까. 이 냄비 저 냄비 할 거 없이 모두 귀하다.

2015년 2월 13일
초대(2010-2014) 단장 여영모의 이임과
2대(2015-2017) 단장 이정운의 취임

어쭈구리입니까? 하동 야구하는 팀 맞지예? 전화가 온다. 미용실에도, 고물상에도. 방송 잘 봤다고, 정말 감동이었다고, 야구 한 경기 하자고, 놀러 오라고, 하동 가면 꼭 한번 만나자고, 다음 경기는 어디서 하느냐고 묻는다. 우리나라 만세, 어쭈구리 만세.

멋지게 한 해가 갔고 새로운 단장의 이·취임식이 있던 해(2015년 2월 13일), 영상을 다시 틀었다. 또 만세. 읍내 유일한 예식장을 빌려 큰 잔치를 열었다. 사회는 안진한이 보았고 하동군 야구가족들도 초대했다. 늘 싸우고 볶으면서도 '평생 서포터스'로 굳건한 배우자와 자녀들이 박수를 받았다. 한번 넘어선 고민은 오히려 힘이 된다고, 비 온 뒤에 땅이 굳어졌다. 끝끝내 남는 것은 '야구'일까 '추억'일까 하면서 영상을 보는 내내 가족들은 손을 꼭 잡았다.

이정운 I 2대 단장

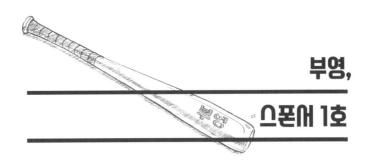

부영,
스폰새 1호

술, 술, 술 먹고 마시다 보니 목돈이 날아갔다. 장외홈런처럼
멀리멀리. 장화와 홍련처럼 집에서는 구박받을 일만 남았다.
우리끼리 말이지만 '술, 쭈구리'라는 말이 오갔다. 연습만 해
도 술, 경기 후에는 당연히 술. 작은 동네에서 유니폼 입은 남
정네들이 땀 냄새 폴폴 풍기며 슈퍼에 앉아서 놀면 작정하지
않아도 자정은 넘겼다.

화산파. 기철이와 영모 집은 화산동이어서 화산파라고 불렀
다. 하동역이 있는 동네. 역전의 명수들. 화산슈퍼의 명물인
명태회를 두 마리 시켜놓고 막걸리를 마신다. 맛있다. 처마에
걸어 촉촉이 말린 명태를 찢어 초고추장에 찍어 먹는 진미. 겨
울이면 이 안주가 하동명물이다. 구멍가게마다 어느 집이 원

조인지 헷갈리게 명태 안주가 잘 팔린다.

술이 약한 기철이가 당했다. 입술 위에 점 하나 있어 '복이', '포인터', '점이'라는 별명이 붙은 주인공. 술이 술을 불렀을 때 영모가 한 건 했다. 첫 유니폼을 만들면 기철의 부영건설 마크 달기. 조건은 야구단에 야구공, 배트 기증.

야구 입단한 지 얼마 되지 않은 기철이 그렇게 첫 스폰서가 되었고, 착한 기철이는 아내에게 백만 원어치의 잔소리를 들었고 오십만 원어치 설거지를 아직도 하고 있다.

'이런 게 어디 있어. 우리끼리 회원끼리, 술 먹여서 술 취해서 만든 스폰서가 어디 있어.'

건설업이라 잘되면 홈런이고, 안되면 삼진이었다. 미안해서 집에 못 들어간 적도 많고, 아이들이 좋아하는 치킨을 외상으로 사주다가 한꺼번에 갚는 일이 허다하다. 그래도 야구하러 나가면 좋았다. 주머니 사정이 어려워 시합 끝나고 함께 밥 먹으러 갈 때 슬그머니 빠져나와 집으로 향한 날도 참 많았다.

다 안다며 말없이 따뜻한 밥을 사주는 정희가 좋아서 정신적

으로 의지를 많이 한다. 정희도 힘든데, 다 아는데…… 더 아
픈 사람부터 챙기는 정희가 잘되면 좋겠다. 주머니 사정도 팍
팍 풀려 여태껏 밥 사준 그 열 배로 많이 벌어서 정희 얼굴에
진 그늘이 싹 가시면 좋겠다.

다시, 내년에 맞추는 유니폼에 근사한 마크를 붙여주고 싶은
데 춥다. 시리고 잘 안 풀린다. 열심히 하다 보면 언젠가는 좋
은 때가 오겠지 믿으며 포기하지 않는다. 여기까지 견뎌왔는
데 포기하면 안 된다. '어쭈구리 정신'이라는 말을 정운이가
잘한다. 사전에 등록해볼까. '어쭈구리 정신'의 창시자는 그럼
우리가 되는 게 맞지? 정희야.

2013년 3월 29일
스폰서 1호, 부영건설 김기철

기철이의 '방망이'가 우리를 괄목할 만하게 성장시켜줄 것이다, 반드시. '맨바닥'에서 '성장'의 토대를 마련해준 기철. 우리는 언젠가 잊히겠지만 '어쭈구리'는 영원할 것이다. '어쭈구리 인人'이라는 말을 만들었다. 사람이 있어야 정신도 있기에. 잡기놀이 할 사람 여기─ 여기 붙어라, 노래를 부르며 온 동네 골목을 뛰어다니던 아이들이 엄지손가락을 세우고 야구단을 모집한다. '어쭈구리 할 사람 여기─ 여기 붙어라.'

김기철 | 2루수

영주스카이,
인 더 하동

고동골에서 팔각정자 옮기다 크레인이 전복됐다. 하지만 우리가 누구? 영모가 급히 달려가고 재탁이가 도착한다. 다행히 영주는 다치지 않았지만, 크레인은 사천정비소로 들어갔다.

포수인데, 앉아서 야구하는 포수인데 평소 일은 높은 하늘에서 하는 직업이다. 주말에는 가장 낮은 자세, 주중에는 어지럽게 높은 작업장. 매실밭이 예쁜 홍룡 마을에 사는 자타공인 인정 효자. 신뢰로는 영주가 친구들 중 으뜸이다.

영모, 정희, 석환이랑 외식하러 광양시까지 가서 스테이크하우스에 들어갔는데 수프는 뭘로 할지, 고기는 어떻게 주문하는지, 칼은 또 어떻게 사용하는지, 빵은 먼저 먹어도 되는 건

2015년 7월 21일

영주, 인더스카이

2013년 10월 19일

야간정비

지……. 그날따라 옷도 검정코트를 똑같이 맞춰 입고 들어가서는 온몸에 시선집중. 옷부터 빨리 벗고 앉아 주문했지만, 어떻게 먹어야 할지 모두가 대략난감이었다.

영모가 빵 먹으면 모두 다 따라서 먹고 석환이가 수프 먹으면 또 함께 따라서 먹고. 촌놈이 달리 없었다. 장비자격증을 따고 크레인을 배울 때도 그랬다. 잘하는, 먼저 해본 선배에게 가서 귀찮도록 물어보고 공부했다. 그런데 일을 배우는 건 하나도 안 부끄러운데 여성 앞에만 서면 모두 얼음이 된다.

아직도 얼음이다. 어서어서 곱고 착한 여인이 땡하고 주문을 풀어줘야 하는데. 스카이를 타고 작업하면 시원하다. 키가 작아 낮은 공기만 마셔서인지 몰라도 조금이라도 높은 곳에 있으면 하늘을 나는 듯 몸도 마음도 가벼워진다.

우울했다. 후배들이 줄줄이 결혼하고 야구장에서 신혼이야기를 하면 그냥 우울했다. 바쁘다는 핑계로 경기에도 뜸했고, 배섬에 앉았다가 정희나 영모가 오면 밥만 먹고 일찍 집에 들어가서 친구들이 걱정했다. 아픈 건 아닌지, 사업이 어려운지 속을 잘 안 들키고 힘든 내색을 안 하는 성격이라 이번 우울은 표가 바로 났다.

밥맛도 없고, 힘도 안 나고. 선본 자리는 마음이 안 가고, 좋아하는 사람은 인연이 아니라 하고. 어쭈구리에는 총각이 많다. 돌싱이거나 사별은 빼고 병준, 경균, 영주, 상철, 수현 그리고 아직 어린 신입. 봄이 오면 피앙세도 날아오기를. 공처럼 동그랗고 하얗게 날아오기를. 그리고 꽉 잡기를 바라.

대서특필할 사연이나 사건 하나 생기면 좋겠다. 들뜨고 가쁜한 공기 맛 좀 보게. 감독은 선수들을 먹이고 먹이다가 마이너스 통장이 생겼다. 낮에는 야구장을 갈고 닦고, 밤에는 책을 닳도록 읽고. 고생한 회원들의 배는 감독이, 단장이 다 불룩하게 만들었고 통장은 텅 비었다.

영주는 책을 기도문처럼 외운다. 오늘의 기도는 점점 길어져서 '보여주는 공'과 '결정구' 그리고 '투수의 가장 자신 있는 공'까지, 했던 말을 또 하고 또 하고. 타자의 약점을 공략하는 것보다 투수의 가장 좋은 공을 이끌어내는 것이 왜 중요한지에 대하여 방언 터지듯 핏대를 세우고.

야구하러 왔는데 왜 일을 야구보다 더 많이 하느냐고 영주가 감독에게 투덜거린다. 그러면서도 삽은 맨 먼저 들고 저만치가 있다. 오늘 했으면 됐지, 내일 또 무슨 일을 하느냐 씩씩대면서도 내일이면 일등으로 야구장에 나와서 풀 벤다.

'톰과 제리'의 제리다. 아니 째리다. 감독한테 가장 많이 대들고 째려보고 땍땍거리면서도 규칙은 꼭 지키는 영주. 코치, 감독의 말에 순종하는 친구. 지각회원을 꼭꼭 체크하고, 감독의 이야기가 안 끝났는데 글러브부터 끼는 회원에게 잔소리를 맡아서 한다. 엄마다.

김치에 막걸리나 묵지요. 이 말이 나오면 영주가 술 한잔 산다는 말이다. 톰이 늘 진다. 어린 시절의 만화 속 톰은 악당, 제리는 피해자며 약자 그러면서도 나중에 웃는 자였다. 하지만 지금은 다르다. 제리가 먼저 시비를 걸고, 성가시게 한다. 톰은 억울하다.

정희도 억울하다. 솥단지를 걸고 소머리국밥을 한 솥 끓인다. 고물상은 만물상. 회원들 사기진작을 위해 잔치를 벌이는데 영주는 상전이고 정희는 부엌데기. 깨작깨작 불쏘시개만 쑤시는 영주를 보다 못해 정희가 불앞에 앉는다. 일은 영주가 다 한 것같이 이마에서 턱까지 땀범벅. 한 대접씩 풀 때마다 영주가 인사는 다 받고.

영주는 눈이 커서 꼭 째려본다는 오해를 잘 받는다. 어쩌면 진짜 째려보는 것인지도 모르지만. 노안이 온 영모가 안경을 맞췄다. 다초점렌즈 안경을 끼고 깨알 같은 작은 글씨도, 가난처럼 큰 글씨도 이리저리 마주보며 적응 중이다. 영주도 안경테를 이것저것 골라 거울을 본다. 좀 낫다. 아니, 훨씬! 눈매가 부드러워 보인다.

야구장은 조심스러우니 잠자코 있다가 배석에만 앉으면 시비조로 티격태격. 쫌, 쫌, 쫌. 박상민과 차석환은 일요일마다 만나는 톰과 제리보다 더 앙숙이다. 라면 한 봉지 끓이면서도 이래라저래라, 좋아도 싫어도 표현은 늘 한결같다. 실실 웃으면서, 놀려먹는 둘의 중간에 앉아 눈치만 보던 신입도 이젠 그러려니 한다. 친해서다. 안 보이면 가장 먼저 찾고, 훤한 호주머니 사정에 동생을 걱정하는 형이다. 그러면서도 늘 말투는 시비다.

기술적인 부분은 연습하면 느는 게 당연하고 체력도 운동을 하면 보강이 되는데 우리 구단은 멘탈 부분이 가장 약하다. 특히, 투수인 차석환과 1루수인 박상민은 상처를 잘 받는 성격이기도 하지만 실수 후의 자존감 회복에 시간이 많이 걸리는 선수들이다. 그래서 잘하려고, 늘 경직된 경기를 하는 편이다. '괜찮다, 잘하고 있다'는 말이 '왜 못하니, 잘해라'로 들려 한

번 실수가 그다음 실수를 몰고 온다. 분위기 싸움. 꺾인 기를 단번에 읽어낸 상대팀은 더 힘이 강해진다.

가족처럼 매일 얼굴 보는 사이가 야구를 하면 좋은 점이 더 많을까, 아닐까. 서로가 서로를 너무 잘 알아 눈빛만 봐도 배가 고픈지 아닌지 아는 게 좋을까, 아닐까. 프로선수들도 같은 밥을 먹고 같이 자면서 야구하는데 우리는 얼마나 더 많은 밥을 함께 먹어야 할까.

크리스마스이브
인 더 고물상

캐럴도 없고, 산타는 안 오신 지 오래던 차, 청암 생활체육공원에 리틀 야구단이 동계훈련 온다는 전갈을 체육시설사업소로부터 받았다. LG 트윈스에서 '빅뱅'으로 불리며 야구팬들의 사랑을 듬뿍 받았고, 지금은 코치로 활약하는 이병규의 아들이 활약하고 있던 초등학교 야구부가 하동으로 동계훈련을 온 인연으로 해마다 1월, 2월은 손님맞이로 분주하다.

모아둔 고물을 팔았다. 손을 보태기 위해 야구단 고문이신 진우 형이 왔고, 캔(깡통)을 산처럼 쌓으면 영모가 포클레인 발바닥으로 납작하게 만들었다. 삽질로 자루에 퍼 담는 전문가는 석환이. 지경이 넓어진다. 한 평 두 평.

2017년 12월 24일~2018년 1월 1일
고물상에서 박정희, 여영모, 차석환, 이수현
배팅케이지 제작

용접은 정희가 하고, 수현이는 쇠기둥을 애인처럼 꽉 잡고. 성
탄절이라 해도 감동, 감탄, 설렘이 없는 남정네들은 날 잡아
배팅케이지를 만들었다. 배팅이 생활인 충민 코치가 황금 같
은 휴일을 고물상에 헌납했고, 시가 천만 원짜리 배팅케이지
batting cage를 일주일 꼬박 걸려 하나 반 만들었다.

리틀 야구단이 쓸 케이지. 공이 엉뚱한 곳으로 날아가지 않기를, 우리의 공功도 헛되지 않기를. 오늘도 삼겹살 먹기를. 하얀 눈이 저 멀리 노고단에는 펑펑 내리는데 여기는 눈발도 안 날리고, 낼모레 청년회장직을 마무리하는 진우 행님은 아, 아, 마이크 시험 중, 퇴임인사 연습을 그물보다 더 야물게 하고.

자재를 사고 도면을 만들고, 불로 지지고 바느질을 하고. 캔을 분리하고 닦고 쓸고. 세상의 온갖 찌그러진 것들로 가득 찬 고물상에서 고물처럼 사는 사람들이 모여 예수님처럼 마리아처럼 마음만은 따뜻하게.

토요일을 또 반납하자는 정희 사장님의 말에 수현이가 욱, 하려다 만다. 야구니까. 전지훈련을 우리의 고향 하동으로 많은, 많은 팀이 오기를 소원하니까. 하동에도 야구팀이, 우리가 있음을 널리 알릴 수 있으니까. 형들이 고생하니까.

새해가 밝고 1월 3일, 서울 도곡초등학교 야구부가 왔다. 청학동, 삼선궁이 유명한 청암에는 시설 좋은 리조트도 있고, 무엇보다 청정지역이라 집중하기 정말 좋다. 우리가 손수 만든 케이지도 있고. 하종화 선수의 아들이 입학한 월곡중학교 야구팀은 2월 중 전지훈련 장소로 양보야구장을 택했다. 손님맞이 준비를 할 때마다 어쭈구리가 명실상부 하동 대표야구팀으로 인정받은 것 같아, 힘이 난다.

사무실에서 영화 〈케빈〉이나 보면서 '축 성탄' 하자던 말이 씨가 되었다. 1.5톤 트럭에 무거운 케이지를 싣고 구불구불 국도를 달려, 지리산 하고도 댕기머리 촌장들이 산다는 청학동까지. 신부가 탄 가마 모시듯 조심스럽게 정희가 모셨다. 일찍 해가 떨어지는 골짜기여서 돌아오니 벌써 저녁 밥때. 수현이 몸에서 쇠 녹는 냄새가 솔솔 난다.

버스가 많다. 하동재래시장 주변에 대학교 전지훈련 팀의 버스가 여러 대 주차되어 있다. 야구는 당연히 없다. 우리 강변구장이 제대로 승인되고 규격화되면 대학교마다 편지를 써서 하동에, 섬진강에 야구하러 오라고 간곡히 홍보하고 싶은데 밥 먹고 야구만 하는 사람들처럼 우리는 밥 먹고 야구장만 정비하고 있다.

해피 데쓰 데이 Happy Death Day,
2017

새해를 하루 앞둔 오늘은 야구하기 좋은 날, 그리하여 가족들에게 쓴소리 죽을 만치 듣기 좋은 날. 기철은 오늘 처음 내복을 입었고 입동부터 입었다는 진한인 하필 오늘 내복을 벗고 왔다는 추운 날. 장난 아니게 강바람에 콧물 눈물 쏙 빠진 날.

광양시 사회인야구의 밤에 초대되어 갔다가 친선경기 초대를 받았다. 2018년에는 광양리그에 참가할 수 있게 되어 새해 야구는 더 흥미진진 기대된다. 송구영신하듯 12월 31일 11시, 광양시 제철구장에서 야구를 하였다. 상대는 2017 광양야구 2부 우승을 한 슈퍼스타즈.

지난주는 박기수, 박상민 그리고 새신랑 이승용의 생일이 있었다. 송년 겸 신년맞이 겸 생일축하 겸, 우리가 좋아하는 겸사 겸사 같은 민재가 떡을 했고, 정희 감독이 야구공 한 박스와 떡 한 되를 상대팀에 전달하며 초청에 대한 감사의 인사를 했다.

광양시는 23개의 사회인야구팀이 있다. 제철구장은 미리 예약하고 한 경기에 두 시간 동안 사용 가능하다는 규정을 들었다. 아직은 야구에 대한 이해와 지원이 적은 하동이지만, 우리들만의 야구장이 있다는 게 얼마나 큰 행운이고 축복인지 새삼 느끼는 날이었다.

주말 중 하루는 근무하는 안진한은 고민이다. 사무국장으로 '챙기는' 일을 도맡았던 심부름꾼. 물과 따뜻한 커피를 사들고 왔다가 야구는 하고 싶고, 사무실에서 전화는 오고. 지명타자로 명단을 올려 5이닝을 마무리하고 다시 일하러 갔다.

날도 춥고, 내일 해돋이 계획으로 가족의 원성이 잦을까봐 다들 불참하지나 않을까 걱정이 많던 박정희 감독의 얼굴이 드디어 웃는다. 하동서 모여 같이 출발한 회원 말고 여영모, 박기수, 이정운 단장이 줄줄이 도착. 말도 없고 탈도 없는 오종현 도착. 술이 들어가야 말이, 애교가 터지는 박병준 도착.

어제도 낚시 오늘도 낚시뿐인 기수 형은 또 46센티짜리 감성돔 이야기, 저쪽은 몸 풀고 캐치볼 하는데, 우리는 입 풀고 썰 풀고. 기철이는 몸 풀면 방전되어 바로 야구해야 하는 약골이라며 웃고, 4번 타자 수현이는 어제 내내 승용이랑 캐치볼 하다가 공이 하필이면 거기에 맞아 시퍼렇게 멍이 들어 움직일 때마다 아이고, 아이고 그러고.

광양리그에서 붙을 팀이라 서로 눈치작전이다. 낯익은 선수들만 보이고 리그전에 등록된 등번호가 여럿 보이지 않는다. 우리는 마무리투수 말고는 숨기고 자시고 할 것도 없이 다 공개되었는데.

떡가래도 뽑아야 하고, 해맞이 행사 준비도 해야 하는데 청년회원들이 야구장에서 한나절을 보내고 있다. 고향이 집이고 처가가 옆 동네라 명절이 바쁘지 않지만 빨간날마다 이렇게 야구장으로 도망가는 남편들의 아내는 어떤 속일까 싶기도…… 연습일과 친선경기 날짜를 토요일로 잡으면 월요일 출근에 대한 부담이 조금 덜할 텐데 일의 양이 규칙적이지 않은 고물상 팀과 광양 팀의 사정으로 일요야구를 하고 있다.

다른 사회인야구단의 에피소드는 어떨까 궁금하여 책을 사러

간 적이 있다. 박정희가 그랬고, 여영모도 차석환도 책을 몇 권 샀다. 경기 이야기만 가득했고, 회원들 간의 갈등이나 가족 이야기, 직업 이야기는 잘 드러나 있지 않았다. 야구 이야기 관련 전문서적은 많지만 야구하는 '사회인', 야구하는 '우리들' 이야기는 찾아볼 수 없어 아쉬웠다. 경기결과를 기록하듯 사회인야구팀의 다양한 이야기를 우리는 듣고 싶다. 이기고 졌다는 내용 말고 어떻게 팀을 만들어가는지 그 소소한 이야기들을 공유하면서 서로에게 위로가 되고 힘이 되면 좋겠다. 프로가 아니니까 비밀도, 부끄러울 것도 없이.

안진한 | 좌익수

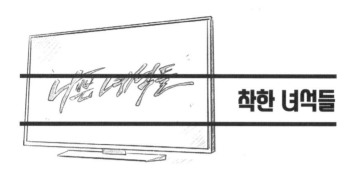

착한 녀석들

드라마 〈나쁜 녀석들〉을 본다. 어디긴 어디서야 배섬이지. 집
보다 아지트를 편애하는 남자들. 진실게임도 아닌데 진지하
게 시작된 질문에 솔직하게 대답하는 충민 형. 아픈 어머니를
병원에 모셔다드리고 잠시 하동서 배고픔을 달랜다.

충민 형은 생활체육지도자였다. 2015년 하동군에서 종목별
로 생활체육지도자를 채용하는데 야구지도자는 충민 형이 처
음이자 마지막이었다. 하동서 같이 야구하는 파이어볼스에서
코칭을 하며 어쭈구리와 가끔 경기를 했던 충민 형은 우리를
만날 때마다 '참, 착한 팀'이라는 느낌을 가졌다고.

야구하면서 착할 일이 뭐가 있어? 야구만 잘하면 되지. 어쭈

구리는 착한 거 맞다. 야구장이 섬진강변이라 섬진강 사랑은 당연하고, 장애인 야구교실도 열고, 불일폭포 등산로도 청소하고, 독거노인들께 삼계탕도 사드리고.

2016년 9월 10일
행복나누기 다문화가정 초청 배팅연습

2014년 2월 23일
지리산 등산로 환경정화(아기 업은 오종현 외)

착해서 주고 싶었고, 착하니까 야구를 가르쳐주고 싶었다. 감동이었다. 먼 서울까지 가서 교육을 받고 장애 아이들에게 야구공을 쥐여준 그 손이. 마음이 울컥울컥. 백팔 땀의 야구공처럼 나무아미타불 관세음보살 같은 마음으로 어쭈구리, 그들은 아픈 아이들을 안아주었다.

그런데 야구는 착하지 않았다. 개판이었고 가관이었다. 못 배운 것은 죄가 아니라 하지만, 패하고 패했던 이유가 불 보듯 훤했다. 사회인야구단이기 전에 봉사단체 같았다. 일주일에 한 번 이상은 개별지도를 했다. 파이어볼스에, 생활지도자에 몸을 담고 있는 처지라 길어도 두 시간 연습이 최장이었지만 한 명 한 명 세심하게 살폈다.

입에서 단내 나게, 으악 소리 나게, 심장이 터지게. 수비가 강한 팀을 만들기 위해 튼튼한 내야에 집중했다. 선수시절에 잃은 충민 코치의 아킬레스건 두 쪽. 병원에서 근무하는 정희 감독의 아내가 챙겨준 약 먹고 이겨낼 수 있었던, 모두에게 약이 되었던 시간.

드라마가 끝나간다. 오랜만에 출연한 박중훈이 좋다. 배도 안 나오고 머리카락도 안 빠진 오십대. 〈깜보〉에서 보았던 그 얼굴 그대로다. 충민 코치가 가르쳤던 초등학생 제자들이 어느새 대학 원서를 넣고 합격 소식을 기다리고 있다. 카톡이 온다. 친구들과 한잔했다며 갑자기 보고 싶어 안부 드린다는 톡이 온다. 하트다 하트.

코치는 착한 녀석들과 함께 드라마 〈나쁜 녀석들〉을 보면서 '겨울밤 추운 줄도 모르고 잘 지내고 있다'는 답을 보낸다. 배는 나오고 정수리는 휑하지만. 따뜻하게 잘 자라는 아버지 같은 인사를 끝으로 하트 다섯 개 보내고.

겨울은 눈의 계절, 아니, 준의 계절이라고 기철이가 그랬다. 동네식당 작은방에 모여 엉덩이를 지지면서 누가 먼저랄 것 없이 준이 까기. 까도, 까도 새 소식이 나오는 엄동설한.

구두 신고 달려도 달리기만큼은 승용이가 이기겠지만, 말로는 못 당하는 병준이. 기억보다 더 생생하게 말하는 병준이는 말하기 시작했다 하면 이미 보드에 발을 올린 듯 직진이다. 일단, 질러놓고 나중엔 모르쇠. 12사단 원통부대 앞 왕다방 누나 이야기까지, 그 멀리까지 혼자 잘도 달렸다.

고속도로순찰대, 드라이버, 스피드. 이건 우리 팀에서 가장 발

느린 병준의 꿈이었다. 돌아보면 50미터 뒤에 있고 다시 돌아보면 안 보이는 병준인 저 혼자 왕다방 누나 이야기에 웃겨 죽고. 슬로우 시티 하동에서 드라이버만큼은 실컷 하는 운전공무원 준이다.

눈싸움 중이다. 그때 누구누구 갔는지, 일박은 했는지 안 했는지, 누가 미팅을 주선했는지 캐묻는데, 어디로 튈지 모르는 병준과 침착한 승용인 눈으로 주거니 받거니 둘만 아는 비밀이 있는 듯.

무엇이 되고 싶은지, 무엇을 하고 싶은지 막연했던 십대와 이십대를 악으로 깡으로 보낸 특공부대출신 승용이. 사이다 배달하는 직원이었고, 치킨집 사장이었고, 환경미화원이었다가 지금은 해양경찰공무원. 쉬면 아픈 몸이다.

스피드. 배달도, 닭튀김도, 새벽청소도 스피드. 승용인 바빴다. 승용차처럼 빠르게 움직여야 살 것 같았고 또 그래야 살았다. 보드를 타면 심장을 최대치로 쓰는 것 같았고, 그 힘으로 일하고 공부했다.

겨울이 좋은 이유는 투명하기 때문이다. 시골사람들이 계산

없이 모여 야구하고 밥 먹는다. 먹으면서 또 야구 이야기다. 꿍하지 않고 보드 타듯 어제보다는 내일을 이야기한다. 고물상 이야기를 잊지 않는다. 보물처럼 여기고 서로를 아낀다.

'동감'이라는 말이 좋다. 사랑이라는 단어 대신 동감이라는 말을 썼던, 영화 〈사랑과 영혼〉의 데미무어. 동감, 동감, 동감. 생각이 모두 같을 수는 없지만, 따뜻한 방향으로 의견을 맞추다 이젠 무얼 하든 누가 하든 합심하는 여기가 좋다.

이승용 | 3루수

그래,
거침없이 가보자

나나나 성범, 엔씨 다이노스 나성범~ 텔레비전에서 듣고 슬쩍 익힌 응원가를 허밍으로 따라 부른다. 거침없이! 선창을 하면 하이킥! 후창했다가 부끄러워 살짝 내가 한 게 아닌 척.

긴긴 줄을 서서 입장을 하고, 손에 손에는 치킨을 무겁게. 하동서 승용차 다섯 대로 마산구장에 왔다. 다, 방송국 덕이다. 아직 우리가 롯데 팬이었을 때, 경남 마산이 연고인 NC 팀의 선수명단도, 응원가도 몰랐을 때.

카메라는 우리를 찍고, 사람들은 신기해하고. 3루가 내려다 보이는 자리에 앉아 어둑어둑 해가 지고 목이 쉴 때까지 놀았다. 촌놈들. 사직구장은 엄두도 못 내고 가까이 마산에 구장이 생겨 좋단다. 손님, 여기서 이러시면 안 된다 해도 선수들 이름 쩨리 부르면서 쫌, 쫌 잘해라고.

정희는 공부하러 왔는지 여기서도 진지하고, 열나게 응원하다가도 VJ의 인터뷰가 시작되면 모두가 얼음. 거침없는 정지상태. 애꿎은 치킨만 씹고 뜯고 맛보면서 고개 숙인 남자들. 슬슬 영모가 시동을 걸었다. 우리도 응원가가 있으면 좋겠다고.

하동갈매기는 부산에 갔고, 어쭈구리는 마산에 왔고. 유니폼을 입을까 말까 공지 끝에 안 입고 온 것이 정말, 레알, 완전, 진짜, 에나('진짜'의 사투리)로 잘했다며 이구동성이다. 어째, 딱봐도 하동사람. 트럭 몰고, 크레인 몰고, 납땜하고, 전기 만지고, 삽질하고, 가위 들고 일하는…… 시커먼 얼굴이 스물둘.

응원단장이 멋지다. 치어리더들은 더 멋지다. 너나 할 것 없이 줌인. 치어리더 쪽으로 핸드폰 카메라를 최대한 당긴다. 야구는 안 보고 사람 구경만 실컷. 사인볼이라도 하나 받는다면 대대로 가보로 남길 분위기. 야구장은 살아 있어서 좋다. 건강하다.

VJ는 창원으로, 우리는 집으로. 순천으로 해는 다 떨어지고

피곤한 영모는 곯아떨어지고 초등학생 가현이, 소림이, 준모만 씩씩하게 배고프다고, 야식 사달라 떼쓰고. 그래, 그래. 좀 더 젊은 진한이, 수현이가 동생들 챙겨 편의점으로 고고. 거침없이 고고.

세탁기만 혼자 돌아가고 고물상도 배섬도 오랜만에 조용한 밤. 방송은 어떻게 나올지, 언제 나올지 궁금한 생각들이 빙빙. 컴퓨터를 켠다. 오늘 치 웹툰을 한 컷 한 컷 내려 읽는다.

시작은 미약했으나 나중은 창대하리라는 욕심은 없다. 개업 식용 액자에 적힌 성경구절은 우리랑은 영 멀다. 욕심 없는 사람들이 끼리끼리 모였는데 하루하루 살고 있는 것처럼 야구도 가다가다, 하다하다 보면 어디쯤이겠지 하고. 그냥, 야구장 잘 지키고 가꾸면서 그러다가 후배들에게 물려주고. 야구 좋아하는 사람들이 하얗고 작은 공처럼 모여 살아가는 데 조금이라도 위안이 되는 곳이길 바라는 마음 하나.

답답해서, 힘들어서 강가에 나갔는데 야구장이 있었고, 공을 던졌더니 마음도 시원해졌고, 주말에 가보니 야구하는 사람들이 있었고, 만났더니 편했다는 이야기. 이런 이야기가 먼저다. 논픽션이다. 모자이크처리 말고 음성변조 말고 가명 말고 있는 그대로의 우리 이야기. 고물냄비처럼 잘 찌그러진 이야기.

오늘 밤에는 다들 무슨 꿈을 꾸면서 잘까. 설레는 마음은 다 같을까. 잘하고 있는 중일까. 어떤 게 잘 사는 것일까. 우리는 지금쯤 어디를 걷고 있는 걸까. 여기는 어디일까. 우리는 누구일까, 나는.

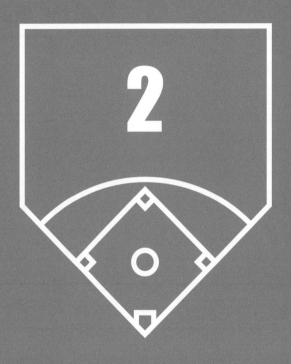

2

전업, 어쭈구리

동그란 정情을
주거니 받거니

유니폼을 입고 싶다. 양상추가 야구공으로 보인다. 손이 시려
호호 불다 호주머니에 손을 넣고 '나는 왜 새 옷을 입어도 헌
옷처럼 보이고 비싼 옷을 입어도 싸구려처럼 보이는지' 그런
다. 춥다, 춥다. 오른쪽 귀가 먹어 상대방의 입 모양에 집중하
다 오해를 받고 맞을 뻔했던 기억도 춥고. 이런 생각들은 춥
다. 다만, 유니폼 입은 상상은 따시다.

"야구 해봤니?" 최용환이 물었다. 부산서 중학교 다닐 때 야구
하면서 놀았다 했더니 형들이 웃었다. 다들 웃어서 나도 웃었
다. 누가 뭐라 해도 지금이 좋다. 차도 없고 패딩도 없고 아직
야구화도 없지만 형들이 많아서 좋다. 글러브는 박기수 형이
줬다.

김충민 코치가 무릎을 꿇어라 한다. 저기 저들 속에서 캐치볼을 하고 싶지만 한 달은 무릎 꿇고 용환 형이랑 공을 주거니 받거니 친해져라 한다. 동그란 정情이 왔다 갔다 한다. 무릎이 시린 줄도 모르고 포물선을 그린다.

28번 김종혁, 37번 이태호, 88번 김태우. 신입생이다. 고물상 신화는 1도 모르는 완전 초짜 어쭈구리. 그리고 앞으로 야구단을 이끌어가야 할 젊음들이다. 입단 테스트는 역시, 착함. 이 '주관적이고도 추상적인 테스트'는 영원불변. 야구공 하나 없이, 배트도 물론 없이 입단하기 가장 쉬우면서도 제일 어려운 테스트가 아닐까.

이태호 | 신입회원

슈퍼 히어로 완전체

귀가 오른쪽 귀가 먹어 잘 안 들리는데 춤기도 하고 양상추
작업은 손이 시리고 고향이 어디냐고 묻는데 부산서 야구했다
말해도 안 믿어주고 그럼 초등학교 때 친구들과 축구하고
놀았으면 다 왕년에 공 좀 찼다고 말하겠네 자꾸 놀리고
엄마와 아빠는 헤어졌는데

야구공은 무릎을 끓고 뺨때리듯이 서른두 살인데
뺨을 한 번도 못 때려봤는데 뭐, 뭐 하면서 두 걸음 가까이
갔다가 형 크게 말해줘 오늘 보청기가 잘 안 들려 하나 둘 셋
터진 입술은 좋아졌니 몇 시예요 그만 연습하고 갈래

오른손을 잡고 포물선을 그리면서 알겠제-알겠제
야구 할 끼가 말 끼가 오늘은 말도 안 더듬고 신입 가르치는데
코치는 옆에서 웃기만 하고 두 번째로 느린 선수는
고등어 낚시 가자고 통영에 가자고 후배들을 꼬시고

깔짝깔짝 고등어가 뭐고 통영까지 가면서 참돔은 낚아야지
박자도 리듬도 못 맞추면서 십오만 원짜리 나무배트 타령만
하고 그런데 왜 언니, 언니 징그럽게 언니라 그러니 남자끼리
덕천사우나에서 못 볼 거 다 보는 우리끼리 정말

봄은 올 거고 초심은 나만 있고 납품이 잘되면 롱 패딩 하나
사고 행진, 행진 파릇파릇하게 행진 수시로 물먹고도 행진
아삭아삭하게 행진 야구와 양상추와 섬진강과 춥기도 하고
공은 딴 데로 가고 아버지는 하동에 사시고 어머니는 마산에
계시고

착하다. 양상추 밭에서 부르튼 두 손도 착하고, 잠시라도 달려
와 연습하고 싶은 마음도 착하고, 급하지 않은 자세가 착하다.
촌놈들, 무엇을 해도 그냥 다 착하다. 바지가 길다. 주문한 바
지가 길어 어떡하지 묻고, 최용환이 답한다. "미용실에 갖다
줘, 형이 수선해놓을게."

고물이 보물이다. 전염이다. 같이 살고 늘 붙어서 같이 훈련하
고. 하나만 안 좋은 생각을 하면 우르르 휩쓸려서 안 좋은 생각
도 같이 하고. 고물을 보물로 만든 형들이 있기에 신입에게는
처음부터 희망의 전염이다. 잊지 말기를.

2018년 신입
오늘의 경기내용을 집중 기록하는 김종혁, 이태호

김진홍 | 신입회원

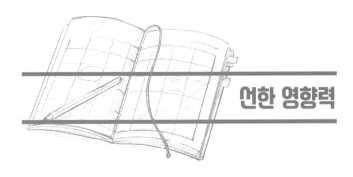

선한 영향력

싸움이 잦아졌다. 아들이 또 말썽이라는 담임의 전화를 받고 학교로 간다. 욱한다. 덩치가 커서 그런지 두 배로 욱한다. '죄송합니다. 고맙습니다. 죄맙습니다.' 학교 가는 일은 죄 많은 일이다.

아들을 데리고 마운드에 섰다. "코치님, 코치님 이놈 사람 좀 만들어주세요." 세모처럼 뾰족한 사춘기는 동그라미가 싫은데 아빠는 더 싫은데. 성질 급한 아빠가 마, 공을 던져버렸다. 던졌다. 날아갔다. 운명이었다. 속이 후련해졌다.

일자리도 찾았다. 얻었다는 말이 더 감사할 표현이다. 여영모의 고물상에서 함께 일하기로 한 후부터 뜬공처럼 내 마음도

등등. 남해리그가 시작되었는데 같이 가자는 연락이 왔다. 얼떨결에 방망이를 들었다. 이렇게 계획 없이 훅, 어쭈구리가 되었다. 차석환 투수의 일기다.

긴 팔과 오리궁뎅이가 장점이라고 한다. 오궁이라니. 마운드에 설 때마다 엉덩이는 더 튀어나오는 것 같다. 코치가 투수를 권유한다. 주말마다 특훈이다. 야구단의 투수인 박기수, 최용환, 김경균 형과 함께 공을 던졌다. 운동신경이 좋은 편이라 빨리 배우고 탄탄하다 하였다. 늦게 굴러온 돌이 박힌 돌 빼는 일이 생길까 마음이 편하지 않았다.

2016년 생활체육대전
김충민 코치가 찾아낸 보석, 차석환 승리투수

왼쪽 팔에는 철심이 박혀 있고 허리는 디스크 환자다. 경기를 마치고 나면 한의원에서 침 맞는 일이 숙제다. 승부욕이 강해, 마음이 급해 제구가 안 되는 날은 정말 돌아버릴 것 같다. 아들, 재욱이의 '욱' 곱하기 15. 아껴둔 어깨가 똥 된 날도 있다. 양산 이야기. 강민호 야구장에서 열렸던 2017년 생활체육대전 이야기.

오더지*에 없었던 투수 이야기. 원래 선발이었는데 감독의 결정으로 김경균이 던졌다. 원아웃 만루, 역전 찬스에서 오종현, 유상철의 본헤드 플레이.** 우리식으로 말하면 어쭈 플레이, 어쩔이 같은 플레이를 했고, 심기일전하고 마운드에 올랐으나 명단에도 없었던 유령 이야기.

어처구니가 없어 모든 눈치는 감독과 오종현, 유상철에게 집중되고, 아껴둔 허리와 어깨와 에너지는 똥 되고. 돌아와 고물상 청소를 내내 했다. 전동기에서 구리 선별하기, 캔에서 철과 알루미늄 분리하기, 자석에 철썩 붙는 숟가락과 안 붙는 숟가

---

* 오더지: 포지션과 타순을 짠 용지.
** 본헤드 플레이bonehead play : 주루 플레이나 수비를 할 때 순간적인 판단 착오로 어이없는 실책을 저지르는 것.

락 분류하기. 왜 하필이면 이때였는지, 불행인지 다행인지 자석이 자꾸 밀당을 했다.

화가 많은 성격인데도 좋게 돌려 영모 형은 '심장이 튼튼한 성격'이라 말해준다. 아침부터 밤까지 얼굴 보는 사이라 속엣말을 다 하기로, 비밀 같은 건 만들지 않기로 약속했었다. 믿고 의지하면서 한 오 년 고생하면 좋은 일이 꼭 있으리라 했다. 잘못되고 밉고 안 맞고 아닌 것이 눈에 잘 띄어 그 자리에서 지적하지 않으면 스스로 힘들어져 자리를 벗어나는 차석환. 싸움을 피하기 위한 최선이다. 반대로 여영모는 이해심이 많아 배려하다 피해를 많이 보는 성격이다. 사기도 많이 당하고.

좋은 사람 옆에서 일하며 변하고 있다. 다이어리를 샀다. 표지에 '선한 영향력'이라는 글을 붙이고 매일 출근을 하면 제일 먼저 오늘 할 일과 다짐을 짧게 쓴다. 꼭 얼굴을 보고 말하듯 쑥스럽지만 한 장 한 장 써나간다. 그러다 한 달이 지나니 마음도 차분해졌다. 목소리가 부드러워지고 인상이 풀어진다. 아들에게도 다이어리를 사주었다. 배섬에 갔더니 음식 먹고 담아둔 쓰레기가 많아 고물상에 싣고왔다. 히터 기름통이 텅 비어 등유 두 말 채워놓고 왔다. 누가 먼저 다녀갔는지 믹스커피도 가득 채워져 있다.

선한 영향력, 하고 속으로 말할 때마다 기분이 좋아진다. 착해지는 주문임에 틀림없다. 오늘은 읍내 아파트 파지를 거두는 날이다. 집집마다 내어놓은 파지가 산더미다. 누군가의 주문대로 귀한 물건들이 배송되었던 박스를 거두며, 힘든 생각보다는 좋았던, 더 좋아질 생각으로 입꼬리를 올린다. 다시 한번 더 선한 영향력, 아 참 좋은 말.

차혁환 ┃ 투수

십리사탕

돌 같아서
이십 년 같은 두 시간 동안 쪼그리고 앉아서
해체, 해체, 해체
알루미늄과 쇠와 구리가
고물 가스레인지에서 분리된다
우리는 해체가족
토요일인데 아직도 마흔넷인데
육십네 살 공휴일에
교통사고로 죽어야 사망보험금이 가장 많다는
약속처럼
꽃은 아직 멀었는데
있는 힘을 다해 둥글었던 시간은
십리밖에 버려두고
사탕 같아서
입안에서 구르고 있는 약속 같아서
도망, 도망, 도망
고장 난 자유 같아서
찌그러진 소리처럼
곧 팔려갈 고물 속에 숨어서

4번 타자여,
아무 걱정하지 말아요

청와대경호실에서 근무하는 수환이는 동생이다. 이수현의 동생. 언제부터였는지 수현은 말을 더듬는다. 이젠 목구멍에 걸려 나오지 않는다. 글로 쓰라면 자소서 한 장은 자신 있게 쓰면서도 말은 못한다. 정말. 레알.

장남인데, 동생보다 못하는 게 많아 장남 자리를 내놓고 싶을 때가 많다. 아픈 아버지를 봉양하기엔 마음도 씀씀이도 넉넉지 못하고 한 살 더 먹을수록 자신감이 없어져 자책하고 자학하는 버릇이 생겼다. 동생에 대한 자격지심이라는 것을 알지만 누가, 어떻게, 무엇이 위로가 될까.

마산 돝섬을 유지 보수하는 업체에서 일을 하다가 고향에 왔다. 말로 표현을 잘 못하는 청년이 도시에서, 사람들과 부대끼며 산다는 것이 힘들었다. 몸으로 때우는 것이라면 자신 있고 말고, 그런데 입으로 때우는 것은 거의 빵점이다. 친구들과 놀다가 박정희를 만났다. 광양제철소 내 CCTV를 유지 보수하는 업체의 대표인데 직원을 구한다는 말과 동시에 야구를 필히 해야 한다는 말도 했다. 야구? 하동에도 야구가?

수현은 유지 보수와 무슨 원수가 졌는지, 일자리마다 그렇다. 그래도 입으로 할 일이 아니라서 좋고 야구하자는 말은 더 좋고. 벙어리장갑, 형들이 버버리장갑이라고도 불렀다. 하도 말을 못하니까 붙여준 별명인데 수현은 일관성 있게 웃음으로 대답을 한다. 전매특허인 씨—익.

어쩌다 4번 타자가 되었는지 외모순서라고 우리는 우기고, 장남의 기를 팍팍 살려주는 영모 형은 실력이라고 능청스럽게 띄워주고. 몇몇 경기를 거친 후 이수현의 별명은 버버리, 그 유명한 명품 버버리로 바뀌었다. 장갑만 빠진 버버리.

글러브를 낀 손을 유심히 본다. 바나나 같기도, 손오공 손바닥 같기도 한 글러브를 보니 면접관 앞에서 꽁꽁 얼어버렸던 순간이 떠올라 공을 놓쳤다. 고향에 왔을 때 환경미화원 모집공

고가 있었다. 부모님을 모시면서 일할 수 있고, 또 부지런함과 봉사의 정신이라면 자신 있어 접수한 일자리였는데 면접에서 한마디도 못했다.

새벽마다 환경미화원들을 보면서 정말, 조용히, 맡은 바 최선을 다하리라 다짐했건만 그 희망이 네 명의 면접관 앞에서 얼어버렸다. 자신 있게 써낸 자소서가 아까울 정도로 민망했더랬다. 갑자기 공은 날아오고, 떨어뜨린 공보다 오늘은 더 서럽고.

두 번째도 떨어졌다. 일면식도 없는 공무원과 기관의 사람들이 면접관이다. 아무리 달리기를 잘하고, 힘이 좋고, 글이 좋아도 면접이 빵점이니 어느 누구도 도와줄 수 없는 게임이다. 면접 안 보면, 아니 얼굴만 보면 안 될까. 봄이 오면 또 공채가 있을 텐데, 도전하고 싶은 마음만 홈런이다.

박정희 사장 감독의 사업을 물려받으라고 한다. 아직은 모르겠고 또 떨어져도 환경미화원 지원에 응모할 것이다. 세 박자나 느리지만 늦어도, 또 틀려도 침묵하지 않고 조금씩 의견을 말하고 있다. 사무차장이 되었다. 2018년은 어찌됐든 공지를 하고, 통화할 일이 많을 텐데 할 수 있다고, 아니 하겠다 말했다.

슬럼프가 왔다. 몸속으로 잠입한 슬럼프가 자해를 한다. 4번 타자 바꿔야 한다는 진담 같은 농담을 해가 바뀌니 더 자주 듣는다. 타자가 슬럼프에 빠지는 이유의 90%는 투수의 공에 타이밍을 맞추지 못하기 때문이다. 5%는 타구 방향이 나빠서 찾아오고 나머지 5%는 나쁜 구질에 손이 나가면서 찾아온다고 충민 코치가 말한다.

타이밍이 늦어지는 이유는 체력과 순발력의 변화에 원인이 있다는데, 귀신같이 맞는 말만 하는 코치가 조금은 얄밉기도 하고. 고민이 많아 잠을 잘 못 잔다. 좋았던 반사신경이 점점 무뎌지고 있다. 좋아졌다가 나빠졌다 한다. 외로움처럼, 동반자처럼 왜 하필이면 지금 슬럼프가 왔는지. 빨리 안타를 치고 싶은 욕심에 더 망가졌다.

어디 아프냐는 말을 들었다. 단단하게 고정되었던 다리가 작은 바람에도 흔들린다. 이럴 땐 자신의 동영상을 보면서 느낌을 살리면 많은 도움이 된다지만 어디에도 잘 쳤던 경기의 동영상은 없다. 누구나 슬럼프에 빠진다. 야구가 노동이 되지 않도록 짧게 앓다 빨리 회복되길 스스로 위로한다.

내일은 아프다

아무리 바빠도
상갓집 밥은 꼭 먹어주고 나오는 사람이
아무 상관없는 장례식장에서도 눈물 뚝뚝 흘리던 사람이
참 좋은 사람이
남의 동네 놀이터에서
공처럼 울고 있다
기도할 때 살짝
눈을 뜨고 옆 사람을 보는 사람이
바나나우유를 두 손으로 공손히 잡고
마시는 사람이
참 열심히 사는 사람이
그래야만 살 것처럼
운다,

우는 게 체질인가
우연과 인연을 바꿔 말하는 사람이
답을 안 해줄 것 같으면서도
묻는 말에 또박또박 답을 잘해주는 사람이
내일은 아프고
오늘은 오늘이니까 하나도 안 아프고
내일은 또 오늘이니까
새소리를 내고 있지만 사실은
엄청 큰 개미인 것처럼
괜찮게
아무렇지도 않게 또 공처럼 앉아서

이수현 | 중견수

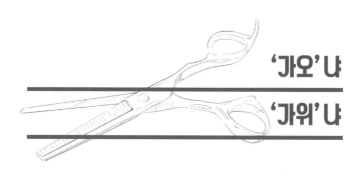

'가오'냐 '가위'냐

읍내 유일 남자 미용사 최용환. 산림조합 건너 2층에 세를 들어 미용실을 차리고 아들 하나 키우고 산다. 살아 있다. 네 살짜리 홍이를 두고 먼저 천국 가버린 아내 이야기만 해도 인생극장이다. 어머니들 파마가 전공이다. 시내처럼, 요즘 젊은 미용사처럼 화려하거나 세련된 기술은 좀 덜하다고 말하는 게 솔직하겠다.

어릴 적부터 옷 욕심이 많고 스타일에 관심이 많았다. 헤어든 의상이든 신발이든. 야구 연습하러 갈 때도 선글라스는 기본이며, 트레이닝복도 그냥 입고 가지는 않는다. 야구장에 입장하면 친구들이 뽐내러 왔냐고 한소리 하지만 그래도 옷을 잘입어야 왠지 힘이 난다. 그랬다. 공부보다 헤어디자인이, 고무

바지보다 청바지가 편했다.

창원방송에 남자 미용사 야구사랑 이야기가 공개되어 인사하기 바쁘던 시기가 있었다. 1부짜리 방송에 그 남자 미용사 이야기가 많아져 2부가 되었던 추억을 잊을 수 없다. 어쭈구리라면 모두가 울컥해지는 이야기. 거기에 최용환도 있다는 것이 지나고 보니 자랑스럽다. 아줌마파마 하러 동네 어머니들이 들어온다. 혼자 운영하면서 어느덧 홍이가 스무 살이 되었다.

유행을 못 따라가지만 때때로 염색하러 오는 석환이가 고맙고, 영모는 원래 고맙다. 머리숱이 자꾸 적어지는 상민이의 고민도 들어주고…… 탈모 이야기로 시작해도 야구 이야기로 끝나고, 여자친구 이야기로 시작해도 야구 이야기로 끝나는 우리는 어쩔 수 없는 어―쭈.

경기에 방해가 된다고 경고를 준다. 조용히 하란다. 으샤― 으샤― 하기 위해 추임새를 많이 했더니 집중에 방해가 된다며 쉿, 하라는 감독의 지시다. 즐겁게 웃으며 하는 경기가 좋아 늘 '씨―사이'* 소리를 도맡아 한다. 말을 조금 더듬는 편이지만 웃기는 소리는 하나도 안 더듬고 잘한다. 재미있고 쌈박하게. 그러다 상대팀의 실책을 건져내기도 한다. 우리가 지고 있는 경기 중에도 '씨사이' 소리를 했다가 정희, 영모, 더더구나 충민 코치의 신경을 건드려 분위기를 불편하게 만들었다. 아차, 하면서도 쓸데없는 '폼' 때문에 늘 뒤늦게 후회한다.

가위 덕분이다. 밥 먹고 사는 것은 다. 공부는 못했고 손재주라도, 시골서 남자 미용사로 살 수 있는 배짱이라도 있어 감사할 일이다. 말은 더듬어도 손은 안 떨리는 이 복으로 아들에게 가위를 들게 한다. 엄마와 같은 유전적인 병명으로 언제 쓰러질지 모르는 홍이를 늘 곁에서 데리고 살아야 하는 안타까움만큼 가위가 무겁고 무서울 때가 왔다.

긴 머리카락을 짧게 자를까 말까 고민하는 학생처럼 공도, 가위도 한번 들면 끝이 났다. 그게 끝이었다. 손에서 벗어나는 순간. 모든 스포츠는 하반신이라는데, 투수가 손끝에 힘을 모아 던지는 원동력 역시 기본은 하반신으로, 하체를 잘 이용해야 묵직하고 볼 끝이 좋은 공을 던질 수 있다는데, 하체는 약해지고 배만 나오는 마흔일곱. 종일 서서 양팔을 들고 일하는 미용사는 투수로서는 좋지 않은 직업 같다.

---

* 씨사이: 주책없고 실없이 웃는 사람을 낮잡아 이르는 말. 친한 사람들 사이에서는 어렵지 않게 쓰인다.

손에 박여 있는 굳은살은 프로선수 급이다. 투구 후 검지가 엄지 옆 부분을 찍으며 생긴 상처가 수없이 아문 흔적이 아니라 가위질과 염색약 탓에 엄지가 엉망이다. 친구들은 대학 입학시즌이라며 짐을 싸서 도시로, 도시로 나가는데 대학을 포기하고 시골에, 집 가까이에 남아 장비자격증을 따느라 여념이 없는 아들을 보면 미안하기도 안타깝기도.

최용환 | 투수

셋이서 열세 병

감독이 야구하나 선수들이 야구하지. 사장이 일하나 직원들이 일하지. 이것은 광양 트리오에서 나온 명언. 술 한 잔도 마시기 전에 나온 멀쩡한 말. 수현은 배섬에, 상철은 목도 주유소 지나 넓은 터에 차를 놓고 정희 사장님과 출퇴근을 같이 한다.

광양에서 돈 벌어 고향에서 쓰는 애향인. 일자리, 야구, 가족, 삼위일체. 그리고 보니 일주일 내내 얼굴 보는 사이다. 불편하기도 하고 지겹기도 하겠지만 수현의 한 방이 야무지게 먹히는 사이. "아니랑께요"는 수현이 최고의 볼륨으로 사장에게 대드는 반항이다. 무슨 일이 있었는지는 모르지만, "아니랑께요" 한 방에 박정희가 두 손을 들었다는 후문이다.

정희, 상민, 수현. 셋이서 열세 병을 마셨다. 오늘은 상철이 대신 상민이랑 셋. 독거노인들(아직 짝이 없는 수현과 상철이, 있었다가 혼자가 된 상민이)이 모여 같이 먹고 자거나 따로 놀거나. 저녁을 먹으면서 일곱 병, 배섬에 와서 여섯 병. 정희가 술을 많이 마신 날이다. 꺼억.

CCTV 같은 매의 눈? 아니다. 좋았던 눈이 안경을 쓰고도 잘 보이지 않는다. 선수 중 석환의 시력이 젤 양호하고, 기수 형이 아직 안경을 끼지 않았다. 날씨가 얄궂기도 하고, 부산까지 가서 선을 보고 온 상민이 우울해하기도 하고, 월급날이 다가오니 정희 사정이 딱하기도 하고, 수현은 사장 마음도 모르고. 갖다 붙이려면 한없는 이유로 빈 소주병은 열세 병.

편애다. 직원이니까. 아직 미혼이니까. 정희의 온 관심을 차지하는 세 사람, 상철, 수현, 상민. 이렇게도 셋, 저렇게도 셋. 셋이서 다니면 한 명은 따돌림을 받는다는 중학생들의 확고부동한 자세를 엎는 우리는 셋이라는 숫자를 좋아한다. 3루까지 밟아야 집으로 들어오기 때문이지. 당연하지.

정희가 말했다. 팀플레이만 잘해도 점수를 얻을 수 있는 기회가 되고, 1점을 막을 수 있는 수비가 된다고. 한 병은 모자라고 두 병은 남는 선수는 누구지? 갑자기 선수들의 주량이 생각난다. 맥주 한 잔이 치사량인 용환은 술 안 먹고도 제일 잘 놀고, 술만 마시면 둘이 앙숙이 되는 사이가 누구였더라. 쉿!

섬진강 따라 광양으로 출근한다. 새벽 다섯 시 반에 만나 믹스커피 한잔하고 제철소로 향하는 몸이 가볍다. 누가 한 방 제대로 날린 홈런볼처럼 어느덧 제철소에 닿았다. 담보하듯 신분증을 입구에 맡기고 일할 채비를 한다. 매의 눈으로, 매의 눈을 감시한다. 눈이 좋다. 아니, 운이 좋다. 볼인지 스트라이크인지 보는 눈이 좋은 날도 있다.

초구를 치는 타자인지, 아니면 기다리는 타자인지, 타자의 심리와 특징을 파악한다. 홈플레이트*에 붙은 타자는 대개 몸 쪽 공에 강하고 홈플레이트에서 떨어져 있는 타자는 몸 쪽 공을 무서워하거나 그 공에 약하다. 사장은 직원이 몸 쪽 공에 강한지 그 공을 무서워하는지 다 알고 있다. 더블캡, 출근길 삼십 분. 사장은 운전하고 뒷자리에 둘이 앉아 말 한마디 안 한다는 소문이 있다.

---

* 홈플레이트home plate : 주자가 득점하기 위해서 마지막에 밟아야 하는 베이스.

작업복을 입는다. 상의부터 갈아입는 정희와는 다르게 하의부터 갈아입는 수현, 동시에 다 벗고 하의부터 입는 상철. 다르다. 야구장에서의 일명 '루틴'도 제각각이듯. 방망이를 연필삼아 홈플레이트에 쭉 선을 긋는 명장면은 없어도 양말을 만지작거리고 발끝을 땅에 툭툭 치는 상철과 수현. 둘 다 자신들의 이러한 행동을 자각하지 못하지만 이들의 8년차 사장인 정희 감독은 하나하나 소소한 것까지 다 알고 있다.

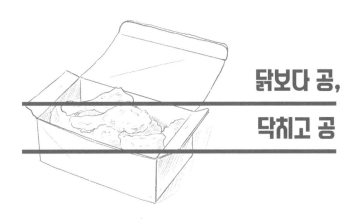

닭보다 공,
닥치고 공

남해도립대학과 광주대학교에 합격했다. 두 곳 중 야구할 수 있는 학교를 선택하려는데 삼촌들이 가까운 남해 가라고 한다. 남해야구팀에서 장학금 줄 테니 남해선수로 등록하자는 말이 자꾸 귀에서 돈다. 고민 끝에 광주대학교서 공부하기로 결정했다. 주말마다 하동 오기가 쉽지 않겠지만, 야구라면 가능하겠다.

최신형은 닭집 아들이다. 하나뿐인 아들이 호텔조리학과 진학을 하고 야구를 시작한 지 6년, 어쭈구리의 시간 동안 아버지는 닭을 튀겼고 아들은 학업과 배달을 병행했다. 야구는 다이어트와 체력을 위해 시작하였고, 삼촌들이 운동 후 가게에서 뒤풀이하는 시간이 잦아 부모님들이 어쭈구리를 좋아했다.

응원했다.

학생은 악양에서 공치러 오는 성민이와 둘뿐이었다가 몇 해 지나 초등학생 몇몇이 더 왔다 가버렸다. 학생 팀이 없어 어쭈구리에서 오래, 야구한다는 것은 인내가 필요했다. 닭보다 공이 좋았다. 맛있다. 닥치고 공부나 하라는 잔소리가 없어 얼마나 다행이었는지. 시험기간을 제외하고는 거의 야구장에서 주말 낮을 보냈다.

학생이기 때문에 출전을 못했지만, 덩치나 키는 대학생 이상으로 자랐다. 야구를 하면서 자신감도, 자존감도 높아지고 얼굴이, 인상이 펴졌다. 형님이라고 하기엔 어색한 나이라 모두를 삼촌이라 불렀고, 어쩌다 아버지는 그렇게 동생이 대거 생겼다. 최신형은 포수다. 영주 삼촌에 이어 하체가 튼실하다. 짧고 굵다. 배달을 하고 받은 월급으로 포수장비를 사고 글러브를, 배트를, 공을 샀다.

변성기가 왔을 때, 야구를 더 열심히 했다. 왜 그랬는지 모르겠다. 악 소리 나게 연습했다. 코치가 펑고*를 날리면 으악, 하

___

* 펑고fungo : 수비 연습을 위해 배트로 공을 쳐주는 것.

고 뛰어가기를 수없이 했다. 고등학생이 되고 또 고3이 되어서야 진짜 야구를 알았다. 백팔번뇌 이런 거는 아직 몰라도 팀, 호흡, 리듬, 사인, 희생, 적어도 산다는 것까지는, 그 느낌적인 느낌까지는 알 것 같다.

광주 가면 연애도 하고 공부도 하고 군대도 가고, 등등의 이유로 야구를 못할, 안 할 것이라고 삼촌들이 내기한다. 스스로도 내기를 한다. 얼마 걸까? 갓 튀긴 닭처럼 바삭바삭한 청춘에 얼마를 걸까. 봄이 먼저 올까 설렘이 먼저 올까. 야구공처럼 동그랗고 야무진 인연은 몇 살 때 올까. 이런저런 생각으로 스무 살이 되어간다.

집중력이 좋아졌다. 방망이를 잡으면 주변의 소음이 사라지고 집중력이 생긴다. 생각 없이 야구했을 때는 펜스에서 들려오는 삼촌들의 온갖 목소리와 자동차 지나가는 소리까지 다 들렸는데 지금은 완전 다르다. 한 가지 사물을 2초 정도 뚫어보면 집중력이 좋아진다고 들었지만 방망이를 뚫어져라 보고 있다가 공을 놓치고, 공만 보다가 헛스윙만 하고 그랬었다. 아, 하고 스스로 알게 되기까지 6년이 걸린 셈이다.

키워놨더니 광주로 가버린다며 농담을 한다. 야구동아리에 들어가면, 야구 어디서 배웠냐고 물어준다면, 어쭈구리 이야기, 삼촌들의 이야기를 날 새도록 들려주고 싶다. 꼬질꼬질한 모습으로 닭을 먹던 모습과 야구장이 만들어진 기적 같고 마술 같은 이야기와 꼴등이 일등 된, 소설 같은 이야기를 들려주고 싶다.

광주학생들과 어쭈구리와의 시합을 주선해야겠다. 어딘가 닮은 사람들, 아픈 기억이 많은 사람들이 동그랗고 작은 공으로 백 번 이백 번 견뎌내며 서로에게 힘이 되고 있다는 것을 보여주고 싶다.

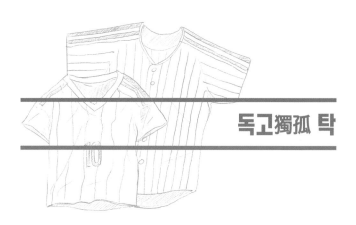

독고獨孤 탁

아남이가 2016년 국제축구대회에서 최다득점 상을 받았다.
진주중학교 1학년에 재학 중인 장한 아들 자랑을 먼저 해야
덜 아프고 덜 슬프겠다. 95년 처음 장비기사자격증을 땄을 때
보다, 98년 첫 장비를 샀을 때보다 더 기뻤다.

이재탁의 고향은 경북 봉화다. 어쭈구리 중 하동이 고향이 아
닌 선수는 또 누가 있을까. 일찍 부모님을 여의고 고모가 있는
진주에서 여영모를 만났다. 고입 연합고사가 있던 시절, 시골
학교 상위 10%는 교육의 도시 진주에 유학을 가던 시절이었
다. 고입시험을 낙방한 영모와 학원에서 만난 인연이 지금, 여
기까지다.

영모가 자취하고 있는 방에서 동고동락을 하며, 집이 있으나 집으로 들어가기 싫어했던 방황의 십대를 둘이서 실컷 탕진했다. 재탁은 안동으로 진학했으며, 영모는 사천에 있는 고등학교에 갔다. 독고獨孤. 일찍 고아가 된 재탁은 노동으로 버티고 버티며 살았다. 오늘 저녁밥은 뭐냐고 막내가 묻는다. 현장에서도 아이의 밥때가 되면 삽을 놓고 집에 들어가야 하는 몸으로, 혼자 세 아이를 키우고 있다.

사연 없는 사람이 어디 있으랴. 잘나지 않은 친구들 속에 묻어가고 있는 중이다. 정희의 사업체 이름은 나은통신, 재탁은 나은중기. 좋아하는 정희 따라 사업체 이름도 짓고 진주서 하동으로 자주 넘어온다. 친구가 좋아서, 야구가 좋아서. 아이들이 아직 어려 손 갈 데가 많아 야구 연습을 통 못하고 있는 요즘이다.

'나은'. 더 나아지기를 희망하며 정희 사무실에 함께 앉았다. 이혼을 하고 머리가 혼란스러웠을 때 공을 치면 치유가 되었고, 살림이 거덜났을 때 영모가 준 글러브와 배트가 눈물겹도록 고마웠다. 고마, 우리 야구나 하자 재탁아.

포털사이트에 기사검색을 하면, 아들 이름을 검색하면, 상받은 내용과 사진과 활약상이 줄줄 나온다. 아들은 공 차고, 아버지는 공 치고. 불경기라 공空치는 시간이 많지만, 아들의 축구화가 닳을수록 나의 발가락엔 더 힘이 생긴다. 툭, 툭. 힘든 거, 원래 힘든 거, 엄지발가락으로 툭, 툭 쳐낸다. 그것쯤이야 하면서.

친선경기가 있었다. 대통령선거일이었던 2012년 12월 19일이었다. 이른 아침 투표를 하고 꽁꽁 언 손가락으로 공을 받다 다쳤던 기억이 난다. 발로 야구를 했던 울산 사회인야구대회를 떠올리면 경기 때마다 조금씩 다쳤거나 웃겼거나 안 갔거나 그랬다.

직업상, 가정형편상 조기축구나 밤마다 연습하는 배드민턴보다는 야구동호회가 마음이 편하다. 주말, 형편대로 연습한 대로 참석한 대로 활동이 가능한 사회인야구. 축구하는 아들 따라 열렬히 축구하는 아빠들도 많지만 긴긴 뒷바라지 시간 동안 축구공은 큰 멍 같아서 작은 야구공을 더 좋아하는지도.

아들 유니폼이 새카맣다. 야구유니폼은 아직도 새 옷 같은데. 바람이 적당해 빨래 말리기 좋은 날이다. 아들에 '대한' 이야기보다 아들을 '위한' 이야기를 나누며 보내는 주말이다. 바람을 마시러 진주에서 섬진강까지 한 시간을 달린다. 아들은 또 공을 들고 운동장으로 나갔다.

이재탁 | 2루수

오십이 넘은 연우 손!

무슨 바람이 불었는지 자전거를 샀다. 탔다. 파랑 바지에 주황색 신발, 빨강 티셔츠를 입고 경찰서 앞 로터리를 돌다 자빠지고 넘어지고. 신호등을 입고 출근했냐는 직원들의 우스갯소리에 아침부터 유쾌, 상쾌했는데 이런 망신이 어디 있나.

아픈 건 나중의 일. 무거운 자전거를 들고 초등학교로 도망쳤다. 순식간에 넘어졌고 후다닥 숨었는데도 직장에, 하동읍에, 야구장에 소문이 퍼져 웃지도 울지도 못했던 기억인데 오늘도 출근하고 보니 빨강 초록 노랑. 옷이 또 신호등이다.

승용이 결혼식장에 다녀온 우리는 영하 4도의 칼바람이 부는 날도 야구장으로 갔다. 춥다. 강변이라 겨울 연습은 각오해야 된다. 콧물이 나오다 얼 것 같은 날. 칭찬은 고래를 춤추게 한다지만, 칭찬은 기수를 에러나게 한다는 용환의 말에 박장대소. 어쨌거나 우리는 모이면 웃게 된다.

정말 추워 춤을 췄다. 리듬이지, 율동이지. 엉덩이를 실룩실룩. 그러다 배트를 들었는데 박기수, 좌타가 웬말. 어? 혹시 왼손잡이였는데 아버지한테 맞고 오른손으로 바꾼 건 아닐까 의심이 생긴 날. 잘 때린다. 잘 나간다. 공. 진한이가 춥다며 공을 줍다 말았다.

좌타가 귀한 우리 팀. 이참에 우투좌타*로 갈아탈까. 몇 살까지 야구를 하게 될까. 노장투수를 두고 동생들은 뒷말을 하고 있진 않을까. 김밥은 금세 식고 라면국물은 입천장이 델 듯 앗 떠 앗 떠. 모닥불은 활활 잘도 타는데 야구하는 친구 하나 있으면 좋겠다는 생각에 겨워 자전거 타다 다친 팔이 이제야 쑤셔온다.

자주 용감했고 종종 긍정적이었고 덜 우울했던 때가 있었지. 쓴소리 몇 토막 하고 나선 뒤가 개운치 않고, 갈등이 보이는

---

* 우투좌타右投左打 : 오른손으로 던지고 왼손으로 타격하는 것.

후배들을 불러 조언이라도 하자니 아재 소리나 들을 것 같고. 머리엔 온통 '~것 같고'가 똥처럼 가득차서 야구하고 집에 쏙 들어가고 또 야구하고 집에 쏙 들어가고.

유니폼 상의를 새로 장만하자는 공지가 떴다. 신호등 색은 없고 희거나 검정. 마산야구장에서 보았던 NC 팀의 아주 멋진 유니폼이 생각난다. 목깃에 새겨 넣었던 '必死則生 必生則死'. '반드시 죽고자 하면 살 것이요, 반드시 살고자 하면 죽을 것이다.' 우리도 이 좌우명을 새겨 내년에는 반드시 우승하자는 말을 끝내 못했다.

경기 때나 연습일에 출석은 꼭 하지만 늘 지각한다. 후배들의 연습이 한참 시작되고 나면 '가기 싫어 억지로 온 표정'으로 벤치에 살짝 앉는다. 후배도 많고 신입도 늘어 선뜻 선발이니, 후발이니 하고 욕심을 부릴 형편이 아니다. 잘 안다. 공 던질 준비하라는 감독의 지시가 떨어지면 속은 안 그러면서도 아닌 척, 괜찮은 척하는 슬로우 모션이 때로는 좋지 않은 태도로 오해를 받기도 한다.

박기수는 술도 담배도 노래도 못 한다. 실컷 했던 지난날도 있다. 광양에 집을 마련하고 주말마다 야구가 좋아 고향, 하동으로 되돌아온다. 강물을 거슬러 오르는 연어도 아니면서 고향으로 향한다. 맏형이니까 깐깐하니까 야구단의 회계장부, 회의록 등 관리에 엄격한 선배다.

방송국에서 왔을 때 찍어준 사진 한 장은 박기수의 리즈시절. 폼이 좋았던 시절. 오늘이 또 내일의 리즈가 되겠지만. 폰으로 찍어둔 사진을 한 페이지씩 넘겨보면서 '꼰대'가 된 건 아닌지 하고 사진 한번 보고 거울 한번 보고.

박기수 | 투우

재첩밭에서 야구 해봤나?

야구 어디까지 해봤나?

"우천으로 인해 야구장이 젖어 있어 오늘 연습은 불가합니다."

띠링, 띠링. 새로 배달된 어쭈구리 소식. 그렇지만, 상철이가 왔고, 수현, 용환이 왔고, 정배가 오고 있다. 우리가 누구? 경기마다 데드볼을 젤 많이 맞고 출루하는 상철인 몸무게가 53킬로그램이다. 가벼워 날 듯하지만 "상철이 나가"라는 말을 감독으로부터 또 젤 많이 듣는다.

슬라이딩이라도 연습해놓으면 아웃보다는 세이프를 들을 날이 오겠지. 1루까지 쌔빠지게 뛸 일이 없지만, 없겠지만 준비는 항상 비 맞고도 하는 것. 모이고 보니 가벼운 족속들이다. 마흔 명의 등록 회원 중 춤 잘 추는 최용환이 음악을 틀었다.

당연히 조용필 메들리.

언젠가 여름, 섬진강 물이 빠지고 백사장에서 야구를 했던 때가 있다. 발이 푹푹 빠지고 모래알은 빤짝, 그러다 발바닥으로 스윽, 스윽 문대면 노란 재첩이 나온다. 그렇지, 하동은 청정 재첩의 고장이다. 재첩밭에서 야구 해봤나? 야구 어디까지 해봤니? 물이 들어올 때까지 우리는 푸짐한 재첩 정식 한상을 걸고 으라차차.

옷이 엉망진창이다. 빨래 걱정은 뒷전. 머리카락 좀 빠지면 어때서. 강에 물 들어오는 시간, 옷에 흙탕물 드는 시간. 미쳤다는 댓글만 세 개. 저녁내기는 가위바위보로 하면 재미없지. 슬라이딩 거리 재기로 나이스.

제대로 산다는 건 지금 자기에게 주어진 상황을 놓지 않는 거야. 설혹 나쁜 시간이라 해도 그건 좋은 걸 선택한 것 못지않은 의미가 있어. 삶의 모든 시간은 똑같이 삶의 기회니까. 상철이가 빗속에서 웃는다. 다리를 다쳐 깁스를 했거나 어깨탈골이거나, 약골이라 늘 다치는 상철이가 장가 좀 가고 싶다는데 비는 자꾸 울고.

남해군수 배 영호남 사회인야구대회 다섯 번째 경기 때도 비가 왔다. 그침 없이 내리는 비, 하염없는 기다림이 지나고 경기가 시작되었다. 3회말 4대5로 한 점 늦게 달리고 있을 때 승용이의 슬라이딩으로 점수를 만회했지만 결국 6대9로 패했던 기억. 비와 우리는 인연이 없었다. 비만 오면 비를 맞고 쓸쓸히 고향으로 돌아왔다.

감기만 앓았다. 61-10-22-31. 투수 네 명의 등번호. 진주시 미천에서 한번 이겨보려고 투수 네 명이 마운드에 올랐던 지난날. 상철이도 언젠가는 이기는 경기의 주연이 되고 싶다고.

가능성이 많은 공

공이
공이라고 생각해 본 적이 없는 공이
손가락질보다 더 빠르게
굴러가는데
쩍-하고 쪼개지는 한 덩어리의 계절이라면
못돼먹은 풋사과라면
마술 상자 속에서
여덟 번 칼을 피한 공이
명을 재촉할 호기심이
전속력보다 빨랐던 공이
굴러오는데
운동하는 거 아님
벌 받는 거 아님
앞구르기는 계속 진화하는데

공의 내면은
던지고 때리고 차고 옮기고 튀기고
다 겪은 내공의 리듬으로 꽉 차서
랄, 랄, 랄, 라
궁극의 원으로 굴러가는데
점 아님 구멍 아님
특히,
통 하고 차 버리는 이름 아님
발끝까지 내려온 불안을 공중분해하는 공이
둥근 죄로
반복회전중인 공이
미안한 얼굴로 떨어지고 있는데
피하지 말자
하나도 안 아프다

생각 〉 사건 〉 사람

뒤풀이다. 곡성 심청 배 16강전 15대9로 패하고서. 야구는 심
리전이고 특히, 대학생들과의 경기는 기선제압이 중요한데
졌다. 작전실패다. 그래도 배는 고프고 갈 때마다 먹은 소고기
국밥은 먹고 싶고. 조용하다. 다들 꿀 먹은 벙어리처럼.

경기가 끝나고 나면 늘 아쉬워 투수의 실수나, 외야 내야 할
거 없이 실책한 선수가 도마 위에 오르곤 한다. 경기를 지휘한
감독은 물론이고. 이겼으면 개인기록에 이야기가 치중되지만
진 경기는 늘 시끄럽기도 하고 감정적인 말이 오간다.

사람을 이야기의 중심에 놓고 말이 시작되면 삼류, 사건은 이
류, 생각을 이야기하면 일류라며 정운 단장이 한마디 했다. 어

럽다. 조용히 국밥을 먹다가 '피해갈 수 없는 대학생들과의 야구에서 이기기 위한 우리들의 자세 혹은 훈련'에 대하여 정희 감독이 말을 꺼낸다. 이것이지, 바로 뒤풀이라는 것은.

중년. 우리 야구단의 평균 나이는 42세. 그리고 믿기지 않는 서프라이즈, 김충민. 1993년 4월 30일 전주 OB 베어스전에 선발로 나섰던 당시 쌍방울 레이더스 소속의 투수 김원형은 포수 김충민과 배터리*를 이뤄 역대 일곱 번째 노히트노런** 대기록을 수립했다. 탈삼진***은 여섯 개였고 사사구****는 한 개였다. 팀은 3-0으로 승리했다는 정보가 인터넷 기사에 올라 있다.

전 KBO리그, 전 쌍방울 레이더스, 한화 이글스, SK 와이번스의 포수가 우리 눈앞에서, 코앞에서 국밥을 먹고 있다. 우리들의 일거수일투족을 다 보면서도 말은 아끼고 야구장에서 몸

---

* 배터리: 투수와 포수를 이르는 말.
** 노히트노런No Hit No Run : 투수가 상대팀에게 한 개의 안타도 허용하지 않고 승리로 이끈 경기.
*** 탈삼진奪三振 : 투수가 타자에게 삼진을 빼앗아내는 일.
**** 사사구四死球 : 4구四球(볼넷)와 사구死球(몸에 맞는 볼)를 합쳐서 이르는 말.

으로 보여주는 충민 형이 어쭈구리의 코치다. 인연은 참 기막히게 찾아왔다.

소고기국밥 한 그릇이 모자라 누군가는 도가니탕을 먹어야하는데 가장 끝에 앉은 기수 형이 당첨이다. 나이 많은 순도아니었는데 희한하게 그리 되었다. 도가니는 무릎에 좋은 거맞는데도 고추가 안 맵다느니, 양파라는 예쁜 이름 놔두고 '다마내기' 달라느니, 그걸 또 매운 거로 한 접시 달라느니 구시렁구시렁. 그래도 웃으며 맛있게 먹으면서.

정희 감독 트럭이 맨 앞에 달리고, 수현이 승용차는 민재의 경차가 따라가고. 뒤에는 또 곡성 처음 온 신입, 종혁과 태호가따라오고. 이렇게 또 지나가는 거지. 먼저 가본 사람이 인도하면서. 좋게, 좋게.

진 경기는 피로감을 배가시킨다. 감독은 방향을 제시하고 선수들은 집중했다. 선발을 두고 고민고민했던 감독의 마음도도가니처럼 오늘은 더 무겁다. 우리는 무엇을 위해 야구를 하는가 물었다. 손끝에서, 방망이 끝에서, 글러브 안에서 닳아빠진 야구공. 실밥 터진 야구공에 대해 말했다. 과연 '우리'는 '우리'인가를 생각했다.

신호도 사인도 없이 이후의 시간은 연습이다. 죽이 되든 밥이 되든 해보자는 결심으로 야구장으로 달렸다. 좋은 몸은 없고 배만 볼록 나온 남자들은 진지한 야구란 무엇인지 고민하기 시작했다.

섬진강에서는 거북이도 달린다

섬진강변은 해마다 3월에 마라톤이 열린다. 작년은 강 건너 광양시 다압 고수부지에서, 올해는 하동 송림공원에서 출발을. 마라톤, 왕복 5킬로미터의 코스는 야구장을 경유한다. 마라토너들이 야구장을 보고 놀라는 이유는 해마다 똑같다. "하동에도 야구하는 사람이 있어요?"

있지. 이젠 전국구예요. 서울 난지도야구장도 가봤고 울산, 양산, 목포는 물론 창원 거창도 가봤다. 사천이나 남해는 말하면 입 아프지. 갈 때마다 맛집부터 검색하는 촌놈들이지만 식후 경기. 일터에서 최대한 멀리 벗어나는 날들이 야구 말고는 거의 없어 대외경기가 한 해 최장거리 여행이자 일탈.

백 미터 달리기를 한다. 큰소리 빵빵 치던 석환이가 22초 나오는 바람에 정운 단장, 병준, 상민인 일단 기권. 병준, 정운, 상민 순일 거 같은데 절대 그럴 리 없다는 세 거북이가 약속을 한다. 2018년 1월 8일, 야구장에서 달리기 시합. 1인당 삼만원 내기. 이긴 사람이 싹쓸이. 홈에서 뛰기 시작해 다시 홈으로 들어오기.

5초 접어줄까 말까 후배들은 단장을 놀리고, 오기와 끈기로 무장한 정운 단장(몰래 밤샘 연습을 해서라도 꼭 이기고 마는 성격)은 한사코 사양하고. 공지를 해서 회원들의 참가접수를 받자고 진한 국장은 일을 자꾸 키우고. 상금은 1등이 전부 갖기. 밥을 사든 돈을 갖고 튀든 1등 맘대로 하기. 이 거북이들의 시합이 궁금하면 섬진강으로 오시라.

얼마나 좋아 사회인야구, 아마추어라는 이름표가. 죽기 살기로 안 해도, 못해도, 야구하러 가면 그곳에는 친구가 있고, 에피소드가 넘치고. 지면 졌다고 한잔, 이기면 좋아서 한잔, 먹고살기 바쁘면 바쁜 대로 쉬었다 하고.

강처럼 야구한다. 오래오래 흐르고 싶다는 마음으로 강처럼 물처럼 야구한다. 느릴 때도 있고 빠를 때도 있겠으나 고여 있지만 않으면 어디든 뻗어 나가는 너와 나의 마음처럼. 4대강 사업에 섬진강이 포함되지 않아 얼마나 다행인지 온 국민이 안다. 이 아름답고 지혜로운 강, 섬진강에서 야구하는 축복을 늘 감사하며 더 깨끗하게 단정하게 구장을 가꾼다.

느리다. 그래서 어쭈구리다. 못나고 모자라고 없고 아프고 잘 울고 여리고 약하다. 나눈다. 그래서 모이고 의지하고 같이 웃는다. 어쭈구리, 하면 어! 하면서. 동그랗게 어깨동무하고.

"즐겁지 않은 것은 야구가 아니다"라고 조 디마지오*가 말했다. 야구가 고통이 되면 어떻게 주말마다 우리처럼 모일 수 있겠는가. 체력이 부족하여 기술의 습득도 더디고, 적은 훈련 양에도 집중력이 떨어지고 뭐 하나 진도가 빠른 게 없지만 '즐겁게' 하고 '웃는 사람들'이 함께하니까 길 잃는 사람도, 버림받는 사람도 없이 쭈ー욱 잘 가고 있다. 한 번도 안 가본 길이 아름답다는 이진우 고문의 응원처럼.

---

* 조 디마지오(Joseph Paul "Joe" DiMaggio, 1914년 11월 25일~1999년 3월 8일): 미국의 야구인. 메이저리그 베이스볼 뉴욕 양키스 선수였고, 1941년 메이저리그 야구 기록인 56경기 연속 안타로 유명하며, 1955년 명예의 전당에 올랐다.

강물이 녹고 쑥이 올라왔다. 신입 종혁, 태호, 태우도 이십대 끼리 내기 달리기를 하겠다 했고, 형들은 나이만 한 살 더 먹었다. 모일 때마다 내기 이야기는 여전히 계속되고 있으나 언제나 그렇듯이 우리에겐 기약보다는 예고 없는 내기가 더 어울리고.

박병준 | 포수

하동명물집합체 대 아드레날린

제1회 진주 미천 독립리그. 2013년 4월 21일. 상대팀명은 아드레날린. 이름부터 업이다. 흥분이다. 우리 이름 갖고 웃는 팀들이 어디 한 곳뿐이겠는가. 전국 방방곡곡이 웃는데. 덕아웃이 큰 뽕나무 아래다. 오디가 주렁주렁 열려 있어 출전하지 않는 선수들은 오디 따기.

구멍가게도 멀고, 진주인데도 국수집 하나 달랑 있는 시골마을. 갑자기 닥친 손님에 할머니는 당황하고, 요리하는 동생 가게서 밤마다 돕는 용환이 국수를 삶는다. 잘 퍼진 국수 하나, 두 사람 배부르다. 빨강 플라스틱 바가지로 다시국물 퍼 담고. 라면 반 국수 반으로 허기를 달래고 읍으로 고고.

결과는 12대9로 패. 오디만 한 바구니. 입술이 시퍼렇다. 때 지난 씨 고구마 훔쳐 먹은 입술처럼. 이렇게 실전에서 싸워봐야 부끄러움도 알고 부족함도 아는 거지. 덥고 더운데 구멍가게가 없으니 쭈쭈바를 못 먹어서 진 게 맞을 거야. 쌍쌍바를 사이좋게 나눠 먹어야 했는데…… 단것만 당기고, 읍에 가서 실컷 먹자.

아드레날린은 이십대 선수들이 많았다. 하동사람도 두 명 있었는데 형제지간이었고 대동공업단지에서 기술자로 일하는 친구들이었다. 야구하는 하동사람을 만나 반가웠다. 야구가 뭔지 모르는 시절이었다. 잘 던져지면 좋은 거고 어쩌다 잘 치면 그게 실력인가 했던 병아리들. 삐악삐악. 도약이 필요했다.

삼겹살이지. 아드레날린 분비에 탁월하지. 우리는 흥분이 필요해. 7대 빵으로 빵빵하게 지다가 점수 많이 따라붙었던 경기. 황사바람이 불어 흙을 입으로 코로 마셨던 경기. 뒷심이 좋아서 12대9까지 최선을 다했던 경기를 지금 선수들은 어떻게 기억할까.

고물장수 영모가 4번 타자이자 단장이었던 시절. 고물 같은 사람들이 모여 괴물처럼 덤비니 상대팀은 얼마나 웃겼을까.

그 시절에 탄생한 별명 한번 불러본다. 와이파이 상철, 싸이렌 경균, 무지개 병준, 칙칙 정배, 점이 기철, 안개리 기수, 버버리 수현. 다들 함께 오늘까지 달려줘서 고마워요.

하동에는 화이어불스, 노브레이크(하동화력), 그리고 우리, 이렇게 3개 팀이 있다. 연합팀을 꾸려 대민체육대회나 생활체육대회에 나갈 때의 선수명단은 투수부터 대부분이 어쭈구리 선수다. 하동 하면 어쭈구리. 어쩔시구리 혹은 쭈구리라며 상대방 덕아웃에서 놀리는 소리가 귀에 쏙 들어오지만 우리는 더 크게 어! 하면 되고.

오른쪽으로 가라 하면 오른쪽으로 가고, 왼쪽으로 가라 하면 왼쪽으로. 하하하. 이렇게 사고력 없고 생각 좁은 선수들을 데리고도 단장과 감독은 야구단을 이끌어간다. 평범한 공을 떨어뜨리기 일쑤고, 어려운 공을 잡아놓고도 어디에 던져야 할지 머뭇거린다. 지면, 억울하니까 지독한 연습만이 살길인데도 진지하고 절박한 심정은 늘 감독의, 단장의 몫.

무쇠를 다루듯 끊임없는 담금질이 필요하다. 끊임없이 강해져야 한다. 지고 있는 경기라도 상대에게 강해 보여야 하며, 자신감이, 스스로에 대한 자부심이 있어야 한다. '심리적인 기

초체력'이 튼튼해져야 했다. 상대팀이 짓궂게 짜인 리그라 해
도 당황하지 않는 정신이 절실했다.

사이렌, 데시벨, 메가폰

누구긴 누구야 경균이지. 시끄러운 이야기지. 야구를 배운 경험이 유일한 선수였고 잘했다. 단점을 먼저 말하면 그러니까 잘난 척이 심했고. 그때는 어렸으니까. 또 부른다. 한 이닝이 끝나면 이러쿵저러쿵. 맞는 말인데 아직 안 되는걸 어떡해.

경균인 광양서 야구를 야무지게 배워왔다. 투수인데, 다 좋은데 지청구(꾸지람)가 너무 많은 게 탈이다. 아직은 우리가 소화해낼 능력이 부족하다. 답답하고 갑갑하다. 모두가. 경기 중이거나 후거나 다툼이 잦은 이유가 레벨이 맞지 않은 탓도 있다.

아마추어들이 다 그렇지, 그래야 성장하고 발전하는 거지, 알면서도 다 덜 성숙해서 서로에게 미안함도 아쉬움도 컸다. 다시 왔다. 경균이 하동야구장을 떠나 광양으로 갔다가 왔다. 아예 온 것은 아니고 경기가 있거나 주말 연습 때 나와서 같이 공을 치고 받고 있다. '치고받는' 거 말고. 놀랐지. 깜짝.

우리 실력이 이렇다 말할 필요도 없이 연습경기에서 경균이가 놀랐다. 투수 석환이가 떡하니 서 있지, 수현이가 안타 치지, 공도 잘 안 보인다던 진한이가 변했어요, 거기다 치는 족족 죽죽 날리는 정운이를 보라. 많이 늘었다. 2014년 겨울을 기준으로 김충민 코치가 있기 전, 후가 달라도, 달라도 너무 달라.

부럽다 한다. 장하다 한다. 그리고 어른스러워졌다. 우리 모두. 귀를 열었고, 눈을 떴고, 입을 모아 서로를 격려한다. 모난 구석들은 섬진강에 버렸고 그 많던 '욱'들은 누가 다 먹었을까. 얼씨구, 춤이라도 춰야 할 판.

여전히 하고 싶은 이야기가 많은 걸 보니 경균이 열정은 남다르다. 일방통로가 아닌 대화가 된다. 하동서는 사이렌, 광양서는 데시벨이라 별명이 붙은 경균이. 잘생겼고 야구 잘하고. 오래가자. 좋은 기억만 갖고.

말이 없던 진한이가 요즘 시끄럽다. 결혼하고 나더니 더 말이 많아진 데다 용감인지, 무모인지 형들에게 대들기도 하고. 잔소리도 늘었는데 혹시나 아내에게 못 푼 썰을 야구장에서 푸는 건 아닌지. 사이렌도 아니고 데시벨도 아닌 메가폰이라 부를까 보다.

'꿈'이 '현실'이 된 야구단을 보고 경균은 질문도 궁금함도 많다. 열 보따리 사연 중 먼저 '펑고' 보따리 하나를 풀어서 경균에게 보여준다. 혼자서 받는 펑고는 '죽음'이었다. 공을 향해 한쪽으로 몸을 날리는 순간 펑고 배트를 쥔 감독의 손에서는 또 한 개의 공이 '격발'되어 날기 시작하기 때문이다. '격발擊發(방아쇠를 당겨 탄환을 쏨)'이라는 말은 '악' 소리 나는 비명이며, '욱' 하고 올라오는 헛구역질이었다.

이렇게 한 보따리만 풀어도 경균은 깜짝 놀랐다. 어떻게 하면 선수들에게 잘해줄 수 있는지, 무엇을 해야 선수들에게 좋은지는 이정운 단장이 자주 물었고, 김충민 코치는 시간이 날 때마다 아니, 없는 시간을 만들어서라도 답을 했다.

전업專業, 어쭈구리

기철이 승용차에 4명, 정희 감독 트럭에 4명 타고 왔다. 점심은 늦게 먹고 날은 아직 훤하고. 야구유니폼 입고 시장서 한잔하기엔 이른 시간. 한 십 년 이상 볼링공을 만져본 적 없던 우리는…….

가위바위보도 하늘 천 따지도 필요 없이 팀은 승용차 대 트럭으로 나뉘었다. 승용차는 기철, 경균, 병준, 민재. 트럭은 정희, 영모, 석환, 수현. 딱 봐도, 누가 봐도 야구 잘하는 트럭 팀이 이기는 그림이다. 2판 합산으로 진 팀이 볼링, 저녁, 술 값 다 계산하기. 짝, 짝, 짝.

왕년에 박카스 들고 십만 원어치 유리창 값 물어준 기철이 승,

마무리냐 선발이냐 삼진 잡는 투수 석환이 꼴등. 낮술도 한잔 했고, 오늘 경기는 졌으나 지금은 즐겁고. 좋으면 좋은 대로 아쉬우면 또 그런대로 잘 지내는 마음들이 모여 볼링장을 접수했다.

제철야구장에서 2017년 마지막 경기로 마무리를 하고, 제철인 과메기를 저녁으로 먹었다. 철없는 병준이랑 경균이는 만나면 고 알피엠. 정희 감독은 술 냉장고 옆에 앉은 탓에 한 쌈 먹으려 하면 일어나 한 병, 또 한 쌈 먹으려 하면 한 병. 참 잘했어요, 하고 큰 도장 찍어주고 싶은 우리 정희 만세.

술 약한 기철이가 그랬다. 야구 못하지만, 삼 년 만에 안타 한 번 쳤지만, 신입회원들에게 갈 기회마저 뺏을까봐 불참을 하는 경우가 종종 있었다고. 경기가 끝났을 때 상대팀 감독이 삼진 잡는 석환에게 그랬다. 왜 선발로 나오지 않았냐고, 공이 빨라 눈에 안 보일 정도였다고.

기철이 마음이 감독의 마음이다. 선배가 후배를 생각하고, 감독이 투수들을 생각하고, 회원들의 마음까지 살펴 오래가는, 서로 소원해지는 것을 염려하는 같은 마음이다. 어쭈구리는 친구들이 시작했지만, 지금은 우리 모두가 만들어가고 있다.

단장, 감독, 국장의 임기가 끝났다. 다음 주 총회를 끝으로 4년 동안 무겁게 매고 있던 가방을 내려놓는 순간 정희 감독은 단장이라는 돌짐을 짊어진다. 감독, 국장은 서로 하려고 줄섰다는 풍문도 있고, 벌써 신입이 몇 명이야? 다른 팀에서 온다는 구애도 몇몇, 예약된 리그도, 초청도…….

우리 정말 이러다 어쭈구리로 전업해야 하는 거 아냐? 하면서 또 한 병.

배도 부르고, 배섬 소파에 기대어 텔레비전을 보는데, 극한직업 목포 갯벌낙지잡이 편이다. 정희, 영모, 충민 형. 땅속 보물 갯벌을 삽으로 파고, 또 파고. 낙지보다 먼저 지치면 안 돼. 낙지보다 먼저 넘어지면 안 돼.

충민 형이 오고 난 후 극한훈련으로 인해 우리 손바닥은 한 번씩 다 벗어졌다. 배운 것이 야구밖에 없는 사람이 야구만 죽어라 가르쳤고, 우리는 죽을 듯이 배웠다. 극한직업을 시청하면서도 우리 셋은 기승전야구로 빠진다.

세발낙지는 없고 진미오징어는 있다. 마음에 박인 굳은살로 치자면 누가 더 질긴지, 큰지, 두꺼운지 따지고 자시고 할 것도 없는 셋이서 낙지잡이처럼 모진 밤을 또 같이 보낸다. 93년 전주 개막전에서 첫 홈런을 쳤던 프로야구 시절 이야기를 갯벌처럼, 질퍽한 펄처럼 충민 형이 꺼낸다.

첫 만남은 항상 좋았다. 쌍방울–한화–SK. 좋은 인연은 꼭 짧았다. 만나는 감독들마다 약속이나 한 듯 다른 팀으로 금세 가버리고, 다음 감독과는 처음부터 트러블이 생기고. 갯벌에 삽을 푹 푹 꽂을 때마다 도망가는 낙지처럼, 프로였던 시절이 기억에서 도망간다. 마음이 낙지처럼 펄 속으로 컴컴한 펄 속으로.

낙지광주리를 비추고서 가장 많이 잡은 남자가 말한다. 감각에 대하여, 감에 대하여. 낙지구멍을 찾는 건 기본이라지만, 낙지가 갯벌의 어디쯤 들어가 있는지, 또 어디로 도망갈 것인지를 낙지보다 잘 아는 것은 감각이라는데…… 삽을 든 손의 감각도 중요하지만 낙지신경을 열고 집중하라는 어부의 말은 알 듯하면서도 말로 표현하기 어려운 야구신경 같아서 방송을 보는 내내 집중했다.

정운 단장이나 정희, 영모 등 올드 팀은 나쁜 버릇이 몸에 배어 있어 코칭하기도, 몸을 고치기도 어려웠다. 오히려 신입이나 수현, 진한, 승용이는 운동신경도 좋고 감각이 열려 있어

가르치는 대로 족족 잘 받아들이기에 실력이 하루가 다르게 늘었다. 흉내만 내던 촌놈들이 야구를 제대로 하기 시작했다.

한번 시작하면 놓을 수 없는 낙지잡이. 한번 빠지면 그만두기 싫은 야구. 그나저나 저렇게 낙지를 한 광주리씩 잡아내는데도 낙지는 또 어디서 나오는 것일까. 삼진을 잡아내도 홈런을 쳐도 둥글게, 둥글게 끝날 때까지 끝난 게 아니라는 야구처럼.

동생들은 싸고, 형님들이 닦고

기수 형, 용환 선발투수를 뒤로 마무리투수 석환이가 몸을 풀고 있다. 그 옆에서 차기, 차차기 투수를 욕심내는 수현이와 승용이가 공을 주고받으며 웃고 있다. 시험삼아 마운드를 허락한 감독의 지시에 수현이, 승용이가 준비 중이다. 아직은 허리 따로 어깨 따로 마음 따로 몸 따로지만 긴 팔다리, 그리고 젊다는 이유로 기회를 얻었다.

병준이와 용환이가 배터리가 되어 2이닝을 마치고 승용이가 마운드에 올랐다. 볼넷, 볼넷, 볼넷, 볼넷. 그리고 데드볼. 이 언덕이 만만치 않다며, 형들 한번 쳐다보고 땅 한번 쳐다보고. 잠수하러나 가야겠구나, 하다가 기수 형과 교체. 구력으로, 노련함으로 역시 깔끔하게 동점을 만들어준다. 4대4.

친선경기를 할 때마다 용환은 심판이 된다. 어쭈구리칭 국제심판 용환. 리듬을 타면서 스트라이크. 노량어시장 경매장으로 변해버리는 4이닝. 이런 재미에, 슈퍼스타즈 팀원들이 엄지 척. 수현이 몸을 풀고 있다. "진짜예? 정말, 6이닝은 제가 던져도 돼요?"

정희 감독이 인심이 좋다. 마무리 석환을 믿는다. 승용이가 3루에서 걱정이 태산이다. "형, 형, 자신 있게 던져요. 내 꼴 나지 말고 꼭 잘 던져요." 볼넷, 볼넷, 볼넷, 볼넷. 그리고 아웃카운트 2. 승용이보다 조금 더 잘 던졌다고 둘이서, 둘이서 도긴개긴.

날씨 탓인지, 떡 탓인지. 석환인 모자도 안 쓰고 수비하러 나가고, 꼼꼼한 종현이마저 글러브를 놓고 1루로 가려다 감독의 한마디에 둘 다 뛰어, 정신차렷. 경균이와 석환이가 후배들이 싼 똥을 닦았다. 7대8로 경기는 졌지만, 돌아오는 내내 두 젊은 투수의 백과사전만큼 길고 **빽빽**한 대화로 우리는 한 **뼘** 더 성장하리라.

신혼여행을 다녀온 승용이 부부가 점심준비를 했다. 야구한다고 가정에는 소홀한 형들이 건배사를 하는데, 너나 할 것 없이 다들 덕담하기엔 불온한 남편들이라 총각인 수현이가 대표로 일어났다. 각설하고, 수현이 장가가기 프로젝트란다. 새해는 전 회원들이, 형들이 책임지고 장가 보내달라는 생떼를…….

Jung u s. 정억수. 상대팀 투수 이름이다. 하동사람인데 광양서 야구한 지 십 년 된다는 고향선배가 어쭈구리에게 잘했다 칭찬을 아끼지 않는다. 억수. 이 얼마나 억수로 악착같은 이름인가. 삼진 상황에서 포수가 공을 놓쳤다. 빠졌다. 기수 형이 낫아웃*이다. 앗—싸라비아, 역시 기수 형은 운이 좋다.

기록지에 4구四球, 사구死球를 유난히 많이 쓰는 날이 있다. 팽팽하거나 여유 있거나 둘 중 하나. 슈퍼스타즈도 광양리그에서 꽃피는 4월에 만날 팀이다. 가끔 경기를 해본 팀이라 서로를 잘 알기에 오늘은 긴장 없이 두 팀 다 즐기면서 경기를 했다. 꼭 이겨야 하는 경기도 있고, 후배들에게 기회를 주기 위해 욕심을 버려야 하는 경기도 있다.

---

* 낫아웃not out : 투수가 던진 세 번째 스트라이크를 포수가 받지 못하여 삼진 아웃이 되지 않는 경우를 말한다.

감독의 역할이고, 잘하고 있다. 신입들이 아직 유니폼 없어도 경기마다 참석하는 이유이기도 하다. 야구의 꽃은 홈런이고 꽃 중의 꽃은 벚꽃이다. 십 리 길에 벚꽃이 피면 유니폼이 도착한다. 4월이 오면 유니폼을 입고 야구장을 갈 수 있다는 국장의 이야기에 미소가 꽃보다 환하게 핀다.

흰 티를 입고 왔다. 오늘의 경기는 흰색 유니폼이라는 공지를 읽고서 종혁이가 반팔 흰 티를 입고 왔다. 혹시나 하는 마음이었다며 돌아오는 길에 말한다. 선수가 부족하면 외야 저 멀리에 서 있을 기회라도 올까 싶어, 티셔츠에 매직으로 등번호를 그려야 할까 싶어 흰 티를 입고 왔다고 했다. 우리가 미처 다운받아놓지 못한 경기 영상을 스마트폰에 저장해두고 이미지 트레이닝을 계속 하고 있다는 종혁이는 청각 장애인이다. 한쪽은 전혀 기능을 못하고 한쪽에만 보청기를 끼고 있다.

밥을 먹으면서 종혁이는 신이 났다. 야구 이야기만으로도 사흘 밤을 새울 자신 있다는 이 신입회원이 앞으로 만들어낼 야구 이야기, 어쭈구리 이야기는 얼마나 진지하고 감동적일까. 형님들이 싸고 동생들이 닦을 날이 멀지 않은 것 같은 저녁이 지나갔다.

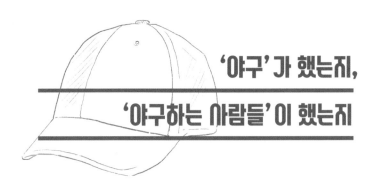

'야구'가 했는지,
'야구하는 사람들'이 했는지

하동 어쭈구리 다 모여라. 성민이가 왔다. 성민이 아버지가 왔
다. 읍에서 조금 먼 마을에서 초등학교를 다니는 아이가 친구
들과 잘 지내지 못해 매일 혼자 울고, 혼자 놀았다. 아직, 근사
한 팀을 꾸리지 못한 처지라 어린 학생을 받아들이기엔 부족
함이 많지만, 아픈 마음 하나만큼은 잘 안아주고 싶어 주말마
다, 모일 때마다 성민인 우리 옆에 있었다.

우리가 잘하는 토닥토닥, 쓰담쓰담. 유니폼부터 입혀 손을 잡
고 학생들이 있는 곳, 학생들이 보는 곳에서 내려주고, 태워오
고. 하동읍의 유일한 야구단에 유일한 초등학생으로서의 자
신감을 상기시켜주었다. 삼촌들이, 형들이 많이 생긴 성민이
웃었다. 어깨를 쫙 펴고.

야구가 했는지, 야구하는 사람들이 했는지는 잘 모른다. 그냥, 직진. 따지고 묻을 필요도 없이 지금, 웃고 있으면 된 거다. 현수막을 걸었다. 하동터널을 지나 섬진강을 따라 송림으로 향하는 길가에 어쭈구리 회원모집 현수막을 걸었다.

하동녹차연구소에서 근무하는 직원이 주말마다 고향이 그리워 섬진강변을 산책하다 현수막을 보았다. 박사님이다. 화개면에 있는 녹차연구소에서 녹차 관련 제품 및 성분을 연구하는 박사. 세상에나, 박사님이 어쭈구리에 오다니. 학력이 다 짧은 우리랑 야구실력은 똑같았다. 히히.

지인도 없이 연고도 없이 연구만, 공부만 한다는 게 얼마나 갑갑할까. 툭, 까놓고 외롭다 했다. 툭, 까놓고 젊은 사람들과 운동하고 싶다 했다. 한 명의 회원이 보석같이 귀할 때 이렇게 브레인이 나타났고 남해로 광양으로 함께 다니면서 야구야구 했다.

입대로 인해 하동을 떠났지만, 현수막을 걸고 처음 받은 선수라 자주 생각난다. 박사님은 지금 어디서 또 어떤 연구를 하고 있을까. 성민인 읍내 중학교에서 친구들과 3년간의 긴긴 학기를 마치고 고등학생이 된다. 친구들과 잘 지내고 있으며 야구장엔 가끔 출연한다. 삼촌들의 실력이 쑥쑥 늘어난 만큼, 성민이의 키가 쑥쑥 컸다. 변성기가 왔는지 아저씨 목소리로 징그럽게 응원한다. 나이스.

겨울 연습시즌이 끝나면 오랜만에 현수막을 걸기로 했다. 자존감, 자신감을 찾고 싶은 학생들, 타향에서 일하는 사람들, 어떤 사연이든 선한 영향력으로 우리는 따뜻하게 맞을 것이다.

밥을 주문해놓고 식당에 간다. 신문기사 마감일도 지났는데 상민 형은 배섬에 며칠 결석이다. 독감이다. 학생들의 집단 독감증세로 읍내 입원실이 부족하다. 상민 형도 취재차 민원들을 만나면서 감기를 옮았다. 아니면 부산에 몰래 다녀왔는지도.

고기가 먹고 싶다는 수현을 위한 저녁메뉴는 돼지고기김치찌개 그리고 동태찜. 밥 한 공기 반을 비울 즈음 상민 형이 왔다. 코도 빨갛고 얼굴도 뻘겋고. 호전되었다며 신문사 식구들과 밥은 먹고 왔단다. 해가 바뀌고 처음 보는 얼굴이 영 안돼 보이는데도 만나기만 하면 틱, 틱, 시비를 거는 석환이가 아픈 형을 또 놀린다.

빈 반찬 그릇에 물을 따라 마시는 형에게 석환이가 뭐라고 했는데, 어느 그릇이든 물을 담으면 그게 물 잔이지, 어디가 중요한 게 아니라 무엇이 중요한 거 아니냐며 형이 또 불자 같은 말을 시작한다. 특기다. 상민 형의 주특기. 스님 같은, 불경 같은, 거사님 같은 대화법.

젊은 수현인 이 노랠 아는지. 고교얄개의 OST. "그리움이 많은 고교시절에 무지개를 보며 내일을 꿈꾼다/ 이리저리 열린 여러 갈래 길 우리들은 이제 어디로 가나/ 물을 담아두면 물 단지/ 꿀을 담아두면 꿀 단지/ 우리들은 꿈 단지/ 꿈을 담아라/ 너와 나는 고교생/ 승리의 물을 마시자/ 너와 나는 고교생 푸른 풀잎처럼 자라자."

마흔이 넘고, 쉰이 되고, 우리는 꿈을 잊은 지 오래다. 꿈이 뭐였어? 하고 물으면 학적부에 적었던 그 직업을 말하고, 무엇이 되고 싶었는지 물으면 고작, 승용이나 진한이나 대답하고 형들은 꿈은 잠잘 때 꾸는 것이라고 넘겨버린다.

승진의 기회가 있는 직업도 아니고, 하루하루 벌어 밥 안 굶고 사는 우리들. 어쩌다 일이 한 건 더 생기면 호주머니가 조금 따뜻해지는 삶이지만 야구가 있어서 승리하고, 꿈을 꾸고, 도

전하고, 성장하는 즐거움을 알게 되었다. 어제보다 나아진 우리를 보면서 한겨울에도 공을 잡는다.

목표가 생기고, 숙제를 하고, 돈을 모아 좋은 배트와 글러브를 사고, 패하기도 이기기도 하면서 젊어지고 있다. 청춘시절 우리가 느껴보지 못했던, 혹은 모르고 지나버렸던 그 싱싱한 꿈을 야구장에서 만들고 있다. 이미, 갖고 있었던 소중한 단지에 각자의 노력과 희망으로 한 뼘 한 뼘씩 채워가고 있다.

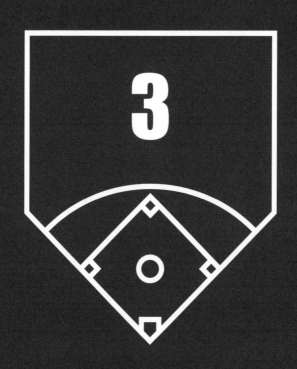

3

어쭈구리人으로 통한다

휘영청 둥근 공

여름달이 떴다, 대낮같이 밝은 달. 창원 야구협회에서 야간 친
선경기에 어쭈구리 단일팀을 초청했다. 생활체육지도자로서
하동군에 있는 동안 여러 번 경기에 참여했지만, 2015년 이
여름밤의 경기는 충민에게 사회인야구의 기억 중 최고일 듯.

안 보인다. 리그 올스타팀과의 경기에서 2이닝 중 쳤는데, 달
처럼 눈부시게 떴는데, 상대편 선수가 입으로 달을 삼켰다. 최
대치로 뜬 달이 최고의 속력으로 추락했고 구급차가 출동했
다. 이가 빠지고 게임 오버. 충민은 어쩔 줄 몰라했고 우리는
상남동에서 취하도록 술을 마셨다.

엄마는 좌판에서 순대를 팔았고 아홉 살 많은 누나가 밥을 지

었다. 이사를 일 년에 서너 번 했고 어릴 때 사진은 하나씩 사라졌다. 평양이 고향인 아버지는 통일을 기다리는 마음만큼 매일 아팠다. 충민, 나라에 충성하라는 이름이 달처럼 미웠다. 반장이었고, 타격 상, 홈런 상을 싹쓸었던 유년시절을 이야기하면 입이 미리 웃고 있다. 공이 좋았고, 감을 빨리 잡는 영리함이 있었다. 키가 176센티미터까지 자라는 데는 보름달 같은 누나가 있었다.

조선일보에 기록의 사나이로 기사가 났다. 중학생이 청룡기 대회에서 사상 첫 만루 홈런을 쳤다. 깡으로, 깡으로, 깡으로 이겨낸 통쾌함이었다. 85년, 그날의 달은 둥글었는지 반쪽이었는지 기억나지 않지만 펑펑 울던 어머니 눈물의 온도는 아마, 달빛보다 더 뜨거웠으리라.

주장을 했다. 야구를 하는 내내 주장이었다. 형이었을 때도 동생이었을 때도 충민은 주장이었다. 작은 키에, 가만히 있어도 웃는 입. 가난한 살림에도 언제나 기를 단단히 펴는, 긍정적이고도 최고 희망적인 성격이었다.

30년 만에 인천야구가 황금사자기 전국우승을 했고, 상무냐 실업이냐를 고민하던 고등학교 3학년 시절. 학생들을 가르치면서 그 어릴 적, 청년이었던 때의 추억이 오버랩되면 구령은 더 커진다. 악으로, 깡으로, 온 야구신경을 다 열고.

이 학교 저 학교 옮겨 다니며 야구를 가르치면서 눈치, 코치만 늘었다. 쉰을 바라보는 지금은 새치도 늘어 용환의 미용실에 가는 횟수가 잦아졌다. 지나간 것은 다 지나간 대로. 그러나 달은 다시 휘영청.

눈 치우다 눈사람을 만들었다. 목포에도 눈 소식이 서울 못지 않아서 눈 치우다 반나절을 보내는 날이 잦아졌다. 세한대학교, 하동에서 두 시간 거리. 학생들이 눈싸움을 야구처럼 한다. 돌멩이를 넣어 뭉친 눈덩이다. 강훈련에 한 풀기를 눈싸움으로. 그러다 야무지게 삽질만 서너 시간. 훈련할래? 눈 치울래?

너무 둥글게 사는 것도 우습고, 그렇다고 성격상 모질지도 못하고. 주변사람들의 하소연에, 고민에, 진로문제에, 때로는 연애사까지, 충민은 여기저기 불려다니기 일쑤다. 조금만 물러서서 살걸 그랬나 싶은 마음이 들었다가도 누군가가 부르면 또 달려간다. 사람이 그리워서, 외로워서 그렇다는 말은 저만치 뜬 달처럼 띄워놓고.

어쭈구리 야구단에 바라는 한결같은 마음은 투수의 실수에도 서로를 신뢰하고 끝까지 집중하는 경기를 하자는 것. 타격은 인근 야구단보다 실력이 좋다고 인정하지만, 멘탈 부분이 늘 아쉬워 갈 때마다 소리가 커진다. '김충민 코치가 늘 곁에 있을 것'이라는 생각을 버릴 것. 자립할 것. 경기를 하다 보면 선수출신들이 한두 명 소속되어 있는 팀도 있고, 도민체전이나 큰 경기 땐 선수출신이나 대학생선수를 사서 출전시키는 경우도 있다.

어쭈구리에는 어림도 없었던 이야기. 목포의 일정이 없는 날은 함께 출전을 하고 있다. 선수가 부족하거나 점수 차이가 없는 팽팽한 경기일 경우 3루수 자리에 선다. 가끔은 석환이 내려온 자리에 서서 투수로 삼진을 잡아내는 괴물이 되기도 하지만 전적으로 모든 경기는 지든 이기든 어쭈구리 회원들이 주도하도록 지켜본다. 물끄러미 바라보는 달처럼.

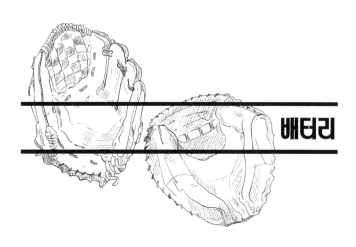

배터리

야구에서 배터리battery는 투수와 포수를 묶어서 이르는 말.
TV나 라디오 등의 정보매체가 없던 시대에 야구의 모든 기
록은 전보로 타전되었다. 그때 메시지를 주고받는 전신의 송
수신자가 배터리(전지)로 이어져 있는 것처럼 한 벌의 기구란
뜻으로, 배터리가 투수와 포수를 묶어서 부르는 말로 쓰이게
된 것.

또한 '두들기다', '맹렬히 포격하다'라는 'batter'에서 나온 것으
로 아홉 명의 타자들이 공격을 하기 전에 투수와 포수가 상대
를 두들겨 부순다는 뜻도.

1993년 KBO리그 신인 드래프트*로 쌍방울 레이더스 2차 1

순위에 지명된 성영제와 김충민. 현재 광주제일고에서 감독(성영제)을, 목포 세한대학에서 코치(김충민)를 하고 있다. 야구로 밥 벌어먹고 있다. 전라도 말을 누가 더 잘하는지 만나서 불꽃 튀게 한잔하고 싶은 친구, 성영제가 보고 싶다.

사인이 잘 맞아야 전구에 불이 들어온다. 플러스와 마이너스, 찰떡같이 붙어서 눈만 봐도 사랑이 충만한 야시꾸리한 사이. 정희와 용환같이 목소리만 들어도 서로의 안부를 알 수 있는 사이. 하지만 야구장에서는 아직도 헤매는 이 둘 사이.

직구 사인을 했는데 김원형 투수의 포볼로 아깝게 퍼펙트를 놓친 경기가 있다. 전주 OB 베어스전, 1993년 4월 30일이었고, 일곱 번째 노히트노런 대기록을 수립했다. 팀은 3-0으로 승리. 야구 역사에 길이 남을 김원형, 김충민 배터리 이야기.

최근 곡성 심청 배는 어쭈구리가 패한 경기였지만, 4이닝을 앞두고 교체된 석환이의 기록도 노히트노런. 정희와 석환이, 이 배터리는 충전이 잘된다. 너무나 다른 성격이지만 야구장서는 궁합이 잘 맞는다.

---

* 드래프트Draft : 신인 선수를 선발하는 일.

기록으로 살고, 기억으로 산다. 프로야구에서 일찍 내려와 자책했던 시간들을 통과하며 마음에 굳은살이 수십 겹 박였다. 살갗이 벗어질까 피 묻은 장갑을 끼고 밥 먹었던 시간은 오롯이 혼자만의 것이다. 학생들에게 연습을 강요하는 대신, 먼저 해봤기 때문에, 진심으로 손 잡아줄 수 있는 부끄럽지 않은 손이기에, 학생들의 손을 잡고 위로한다. 그러면 스스로에게도 응원이 된다. 하동이 좋다.

힘들었냐고, 힘내라고 스스로에게 토닥토닥 위로를 한다. 하동이 좋다. 하동 친구들이 좋고, 하동에서 하는 야구가 즐겁다. 어쭈구리가 만들어가는 하동야구 이야기 속에 함께 있어 어디서 무엇을 하든, 파워 배터리가 될 것이다.

이십오만 킬로미터를 훌쩍 넘겨버린 차가 목포를 향하여 달리다 섰다. 조마조마했는데 목포 앞에서 섰다. 목표 앞에서 서버렸던 과거처럼. 광양리그전에 어쭈선수로 출전했다가 밤비 온다는 소식에 급히 넘어가면서 차가 섰다. 아픈 무릎처럼 차도 아프다. 배터리 문제는 아니고, 갓길에 서서 보험회사에 전화를 걸었다.

리그 1차전을 이기고 야구장으로 돌아가 훈련하자던 목소리를 뿌리치고 달렸는데 자꾸 돌아보았던 뒤가 짠하다. 2차전을 일주일 앞둔 시점에서 오늘의 문제점을 꼼꼼히 챙겨주고 올걸, 후회도 되고. 왠지 마음이 더 가고 신경이 더 쓰이는 사람이 있듯 하동을 뒤로하고 오는 내내 마음이 아렸다. 오늘의 경기결과가 공지되었고 조심히, 이렇게 댓글을 달아놓았다.

'우리 팀 투수들 제구력을 좀 더 키웁시다. 승리투수가 되도록 열심히 합시다. 타력이 받쳐주니 얼마든지 승리투수가 될 수 있습니다. 쓸데없는 포볼, 안 돼요. 수비들이 처집니다. 한 이닝, 한 타자, 마지막이라 생각하고 뒤는 걱정하지 말고, 매 순간 집중, 집중하면 됩니다.'

'하면 됩니다. 안 된다 하지 말고. 우리는 할 수 있습니다. 정신 집중, 또 집중. 많은 연습을 못하니까 이미지트레이닝으로라도 자주. 누군가가 늘 함께할 수 없음을 인지하고 자립할 수 있도록 늘 집중합시다.'

'참고로, 저는 겨울 전지훈련 내내 펑고만 쳤습니다. 저는 투수출신도 아닌데 왜 제구가 될까요. 캐치볼 하면서 집중하세요. 캐치볼 하면서 변화구 연습하세요. 공 갖고 즐겁게 노세요. 즐겁게.'

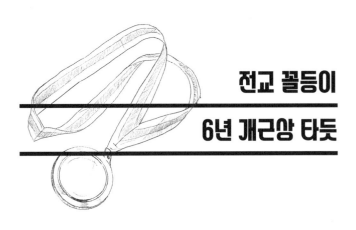

전교 꼴등이
6년 개근상 타듯

인하대학교는 인천과 하와이의 첫 글자를 딴 이름이다. 하와이 한인들의 성금을 바탕으로 만들어진 인하대학교, 인천 제물포항과 하와이 이민이 한국이민사에서 빠질 수 없듯 야구와 하와이 이야기도 마찬가지다.

훈련을 하와이에서 했다. 대만, 일본, 캐나다, 멕시코 등과의 경기에서 인하대 단일팀이 우승. 훌라춤은 충민처럼. 음주가무를 좋아하는 탓에 오해도 많이 산다. 훈련보다 노는 것에 더 집중한다는 누명도 종종 있었다. 어쩔 수 없는 일.

쌍방울 5년차. 현대와의 트레이드가 무산되고 여자친구가 있는 하와이로 갔다. 다신, 야구 안 할 생각으로 갔다가 야구에 대한 확신만 트렁크 가득 채워왔다. 실력은 있는데, 운이 참 없는 팔자라는 걸 살면서, 야구하면서 인정하게 되었다.

97, 98, 99년의 경기는 전부 뛰었다. 한화에 있는 동안 99년 우승을 했고, 97년 첫 경기, 첫타 홈런을 시작으로 내리 안타도 쳤었는데 무릎과 아킬레스건 파열로 2군이 되었다. 허벅지, 어깨도 문제였다. 또 한 번의 기회가 왔고 2000년 SK 창단멤버가 되었으나 11월, 충민은 프로선수를 은퇴했다. 아버지가 돌아가셨다.

북쪽이 고향이신 아버지가 아직도 먼 통일을 기다리시다 돌아가셨다. 따뜻한 하와이로 가셨을까. 아버지가 보고 싶다. 학교를 옮겨가면서 아이들을 가르쳤고 이길 때마다 훌라춤을 췄다. 어느 날인가는 마빡이 가발을 쓰고 춤을 췄는데, 그 영상이 SNS를 타고 동서남북으로 퍼졌다. 아이처럼 살았다.

학생보다 학부모 잔치다. 운동선수 뒷바라지가 얼마나 어렵고 인내가 필요한지 잘 알기에 학부모에게 그 공을 다 돌린다. 다음 경기라는 숙제를 안고 사는 선수에게 늘 긴장을 놓는 일은 독이지만, 승리는 언제나 옳고 좋은 일. 하와이에서 배워온 정통 훌라춤은 이럴 때 빠지면 서운한 일.

지나간 것은 지나간 대로. 가난했던 프로선수 시절과 공을 놓기 전까진 어쩔 수 없는 어깨, 무릎, 발. 기록으로만 남은 이름 김충민. 어떤 기운이 끌어당겼는지 지금은 다시 어쭈구리. 지도자로서 이렇게 사회인야구와 삼류처럼 지내는 주말이 행복하다. 좀 찌질하면 어때.

바다를 좋아하는 것도 아닌데 서해안을 따라 쭉 내려왔다. 인천-광주-목포. 그리고 전라도와 경상도를 가로지르는 섬진강을 사이에 두고. 은퇴한 뒤의 삶이 가르침의 연속이었고 또한 배우는 지도자였다. 프로팀이 아니라는 말을, 배울 것이 무궁무진하다는 말로 자독하며, 설명을 해도 못 알아듣는 아이들을 붙잡고 땅바닥에서 무릎까지, 무릎에서 어깨까지, 어깨에서 머리까지 차근차근 지도했다. 할 수 있었다.

책을 보고 따라하기도 했다. 권총하고 장총의 차이처럼 짧은 대롱과 긴 대롱을 두 개 만들어 휴지조각 동그랗게 뭉친 거를 넣고 똑같은 힘으로 '후' 하고 불어서 날렸다. 둘 중에 어느 것이 더 강하고 정확하게 나가는지를 보여주기 위함이었고 다문화가족에게 한글을 가르치는 선생님처럼 친절하게, 재미있게 다가갔다. 어른이라고 어쭈구리가 좀 더 나은 형편은 결코 아니었다. 더 형편없었다는 표현이 솔직하다.

'시합할 수 있는 능력'을 만들기 전에 '훈련할 수 있는 능력'이 필요했다. 야구를 배워본 적도 없고, 이해력도 기술습득도 낮고, 아픈 데는 많고. 소질도 경기감각도 없는데 기본기가 없으니 고민도 없고. 엉망이었다. 딱 하나 마음에 쏙 든 것은 주말마다 기필코 야구장에 모여서 논다는 것. 전교 꼴등이 6년 개근상 타듯 성실히 야구장에 출석한다는 것. 야구를 정말 좋아한다는 것이 마음에 와 닿아 함께 해보자 시작했던 인연이 5년이 되었다.

2016년 10월 25일

하동군 대표로 경남생활체육대축전 참가 첫 우승

김충민 코치의 특훈 후 이뤄낸 승리

야구가 원수다

점심 먹고 군청 옥상으로 올라오라는 기수 형의 문자에 조심
스럽다. 술 먹고 실수한 건 없는지 오전 내내 머릿속을 헤집는
다. 기수 형이 방망이와 야구공을 들고 기다리고 있다. 야구하
잔다. 군청 별관 옥상에서 공을 쳤는데 본청 유리창으로 날아
간 공. 아무 일도 없다. 공쯤이야 하고 도로 뱉어내는 강화유
리 방탄유리. 살았다. 겨울이었다.

변명 한마디 없이, 마다하지 않고 단번에 형을 따라 회원가입
을 하고 동갑인 종현, 정배와 친해졌다. 병준에게는 연인이 있
다. 어여쁜 사람, 지병이 있어 늘 안쓰러운 그 사람과의 인연
이 십 년째다. 직장에서도 주변에서도 독신인 줄 알고 있지만,
지고지순한 병준의 마음은 공처럼 한결같다.

눈만 보면 탤런트 지상욱이라는 말을 들었고, 도배사로 잠시 일했을 때는 함께 작업하던 어머니들이 이병헌 닮았다 했다. 진짠데. 앞니가 빠져 자신 있게 웃지 못하는 세월이 벌써 7년 이지만. 공에 낯을 가린다고 기수 형이 놀린다. 공만 날아오면 얼굴이 빨개지는 병준. 공에 대한 두려움이 많아 투아웃 만루 상황에서 타자로 서게 된다면 정말이지 기절할지도.

운전기사다. 기수 형도 병준도. 상관을 같이 욕하기도 하고 질 경질경 이야깃거리를 씹으면서 병준은 기수 형한테 많이 의지한다. 야구도 연애도 직장생활도 형 없으면 누가 놀아줄까. 담배를 들고 옥상으로 올라간다. 형, 형 옥상으로 올라와요.

병준은 느리다. 1루까지 숨이 차도록 뛰는데도 걷는 것처럼 보인다. 다리가 짧고 팔은 더 짧고 야구가 무섭다. 병준보다 더 느려 보이는 정운 단장, 상민이도 있는데 회원들은 병준이 가장 느리다고 확신한다. 2루로 가는 중에 먼저 영혼이 요단 강을 건너고 있는 듯 헉헉. 운전만 하고 운동은 안 한 결과다.

다 같이 놀았는데도 병준만 칭찬을 듣는 경우가 종종 있다. 이름하여 숟가락 얹기 전문이라고 기수 형이 말한다. 한껏 고생한 뒤 잠시 쉬고 있는 지인과 실컷 놀다가 이제 막 일을 시작한 병준. 그리고 기막힌 타이밍. 웃전들은 꼭 병준이 일할 때 온다. 이런 병준을 보고 밉상이란다. 밥상도 아니고.

출동이다. 시동을 걸고 차 안 온도를 높인다. 다시 조용해진다. 묻는 말 외에는 운전에만 집중. 뒷좌석에서 무슨 말이 오가든 입 닫고 귀 막고 눈 감고 사는 관용차량 운전기사. 퇴근 전에 기수 형이 옥상에서 보자는데 야구도 담배도 아니고 무슨 일일까.

옆 테이블에서 지역신문 기자들이 회식 중이다. 얼마 전 군청에서 내기를 했다가 오만 원을 꼴은 이정운 단장이 또 내기를 한다. 제목은 '누가누가 더 잘생겼나'. 첫 내기는 군청 구내식당 어머니들의 거수로 졌다가 어머니들의 저녁 값을 냈고, 두 번째는 직장 내 직원들의 거수로 찻값을. 오늘은 지역신문 보도국장이랑 이정운 둘 중 누가 더 잘생겼는지 또 거수. 어쭈구리 한 테이블과 기자단이 손을 들었는데 또 졌지. 삼세판을 다 졌다.

상민, 병준, 진한, 상철, 민재랑 한잔했다. 2015년부터 단장을 맡으면서 부족한 모습을 너무 보인 것 같아 연말이 되니 자꾸 술 생각이 난다. 묻는다. 단장과 감독의 차이점을. 재료상과 요리사로 비교하면 쉽게 설명될까. 단장은 오롯이 선수를 생각하고 감독은 이기는 경기를 생각하고.

신입이 갈수록 많아져 무조건 좋다. 추상적이지만 우리 어쭈구리의 입단 조건은 무조건 '착한사람'이다. 창단 이후 들락날락한 회원들이 없음은 이토록 선한 친구들이 함께하기에 그렇다고 우리는 믿는다. 형제니까 가족이니까 동료니까 어쭈구리니까.

"뒤돌아보고 또 돌아보고 맨발로 절며, 절며 홈까지 달려가신/ 동지섣달 기나긴 밤 북풍한설 몰아칠 때 내년 야구걱정에 그 얼마나 잠 못 자오/ 땅볼을 치고 도루를 하더라도 살아만 돌아오소." 못한다. 손에서 공이 빠지고 헛잡고 헛딛고. 허점만 가득 찼는데도 자존심 때문에 목소리가 변한다. 이정운, 다가가기 힘들고 친해지기 어렵다는 말도 종종 듣는다. 아닌데.

허벅지 굵기나 몸무게로 따지면 정운 단장이 일등이다. 목소리는 정희 감독이 독보적으로 우월하고 외모는 수현, 체력은 승용이, 노래는 석환이, 성실은 영주, 낚시는 상민이, 정비는 정배, 연애는 기수, 연예는 용환이, 수리는 진한이, 수집은 영모. 야구실력은 얼추 거기서 거기.

수현, 진한, 승용이, 그렇게 젊은 피만 그라운드 홈런. 삼진 오천 원, 안타 못 치면 오천 원, 야수선택 오천 원. 매 경기 벌금을 내고 있다. 뭐 대수롭지 않은 듯 상철이가 벌금 왕이고 그 뒤를 이어 상민 형이다. 상철 사만 원, 상민 삼만 원으로 맛있는 순대, 오뎅, 떡볶이를 먹었다. 남이 낸 벌금으로 먹는 간식이 단연 으뜸이다.

올해가 마흔인 상철인 해마다 벌금 왕이다. 갑오징어도 더 많이 잡았는데, 와이파이도 잘 터지는데, 형수가 따신 바지도 사줬는데, 야구만 원수구나.

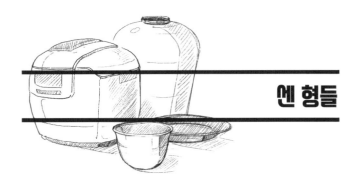

쎈 형들

기수, 정희, 정배, 상민. 야구단의 박 씨 형님들 그리고 이정운. 신입회원들이 이 형들을 어려워한다는 점은 공통분모다. 기수 형은 비싼 도자기 같고, 정운 형은 스테인리스, 정희는 보온밥통, 정배는 술잔, 상민인 접시.

기수 형은 비싸다. 머리끝에서 발끝까지 깔끔하고 깨끗하고, 스치기만 해도 좋은 냄새가 난다. 세숫비누는 아니다. 비싸고 고급스런 향. 같은 공인데도 형의 공은 그냥 명품일 것 같고 같은 유니폼인데도 형이 입으면 리폼을 한 듯 맵시가 좋다. 사람도 좋다. 큰형이다. 후배들이 사고 치면 수습하는 우리 형.

정운 형은 단단하다. 녹슬지 않는 기개가 있어 형을 따르는 후배가 많다. 술도 밥도 잘 산다. 술이 말술이다. 부딪히면 끄떡도 없는 멘탈 갑이다. 만져봤는데 가슴이 크다. 살인지 근육인지. 몸무게는 백 킬로그램에서 조금 빼기. 그래도 야구하는 데는 문제가 없다는 당신 주장.

상철, 수현을 먹여살리는, 아니지 수현, 상철이가 먹여살린다고 해야 하나. 식구가 많은 밥통 정희. 정이 많아 밥 먹었냐는 안부를 가장 잘 묻는 박 감독. 아지트에는 항상 식량이 있어 가는 이, 오는 이에게 커피, 꿀차, 컵라면, 밀감, 사과즙, 빵을 먹인다. 다들 스스로 찾아 먹는다.

야구장에서 배터리가 방전되어 차가 멈췄다. 트렁크에서 도구를 꺼내드는데 슬쩍 손만 닿아도 차가 충전된다. 정비소에서 도색을 담당하는 정배의 실력이다. 칙칙. 아들 경태에게 "너그 아부지 뭐하시노" 하고 물었을 때 어린아이는 '칙칙'이라고 말했다. 이래도 웃고 저래도 웃지만 아직 화내는 모습을 본 적이 없어서 더 어렵거나 조심스럽거나 한 사람이다.

상민 형 옆에 앉아 과메기를 먹는다. 노란 배춧속에 생미역, 잔 파, 미나리, 과메기를 올려 자꾸 챙겨준다. 아홉 쌈, 열 쌈. 자칭 타칭 소심왕, 왕소심 상민 형. 그래도 맛있는 것만 있으면 배섬 아지트로 들고와 회원들을 불러 모은다. 게딱지 젓, 양고기, 양념갈비, 홍어. 접시처럼 늘 납작하게 마음을 펼치고 맛있는 음식을 낸다.

다들 센 형이라 했는데, 사실은 여리디여려 상처도 잘 받고 자주 쓸쓸하여 혼자 있기를 무서워한다. 잘 깨지고, 잘 찌그러지고, 또 잘 아프다. 사는 게 다 비슷해서 서로 위로를 주고받으며 살다가 어느덧 야구하기엔 늙어버린 때가 오겠지. 그래도 안부나 전하며 옛날에 야구 좀 했던 추억을 한 장 한 장 넘기며 살겠지.

A형과 a형 사이

혈액형 이야기를 하면 아직도 아이냐고, 언제적 이야기냐고 할지 모르지만 여기, 이곳은 혈액형을 꼭 집고 넘어가야 한다. 소심함의 대명사 A형. 그리고 더 소심한 a형. 피를 바꿀 수도 없고 고물장수에게 팔아버리고 싶은 성격, 성격들.

언젠가 경기 끝에 '소심했던 게임'이라고 정희 감독이 말하자, 영모가 A형이라고 자백했고, 진한이, 기철이, 투수였던 정배마저 혈액형이 같았다. 기수 형, 승용이, 경균이 다 A형. 이럴 수가. '소심한 게임' 맞네, 틀림없네 하면서 다음 경기의 작전은 피갈이로 하겠다고.

너하면 더했지, 그래야 어쭈구리지. 에이스 투수 석환이도 우리의 히어로 충민 코치도 A형. 선수명단에 자주 올라간 이름들이 거의 A형이다. 영모가 극구 자신은 대문자라고 편 가르기를 하는데 충민, 기수, 정희는 스몰 a. 나머진 A.

어쭈구리 A형들은 혼자 있기를 싫어하고, 남들은 다 알고 있는데 혼자만 모르는 거 정말 싫어하고, 슬픔을 쌓아놓았다가 한번 울면 죽을 만치 울기 때문에 곁에서 잘 달래줘야 한다. 자기가 좋아하는 사람을 누군가 욕하면 화를 못 참고, 싫고 좋음이 확실하고, 마음이 여려 정도 많지만 사소한 한마디에 상처를 잘 받는다.

야구랑 무슨 상관이 있지? 소심한 성격이 아니고 생각이 너무 많은 탓이란다. 공을 놓칠까 이게 맞을까 저게 맞을까 그러다 지고. 선수들은 실수 한번 하면 감독이하 한마디 한마디가 전부 자기 얘기인 것 같고, 남 탓인 거 같고. 감독은 선발을 누굴 할까, 누굴 올려야 덜 서운해할까, 그러다 지면 어쩌지 하고.

경험도 부족하고 간도 작다. 경기에 진다고 밥그릇이 없어지는 것도 아닌데…… 마음껏 하라는 친구들의 믿음보다 감독의 배짱이 커야 하는데 정희도 마냥 선하고 착해서 이것저것 생각이 많다. 모두를 사랑하는 마음으로 모두에게 기회를 주고 싶은 감독이다.

날아오는 공을 양보하면 안 되지. 정운이랑 수현이, 형님 먼저 아우 먼저 했다. 도루를 할까 말까 망설이다 어정쩡하게 죽었다.

2018년 4월 광양에서
소심한 사람들의 조용한 스트레칭

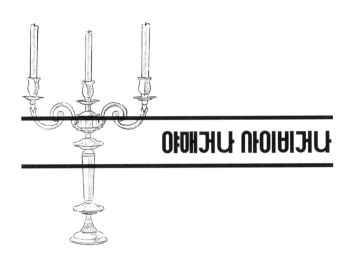

야매거나 사이비거나

공에 발목을 맞았고 상철이 트렁크에서 약 가방이 나온다. 파스, 맨소래담, 스프레이, 대일빠삐방 1300 근육통 완화. 약골이 팀 닥터라니! 잘 어울리기도 하고 괜히 더 힘들어 안돼 보이기도 하고. 기관지가 늘 좋지 않아 도라지가루를 퍼 먹어가면서도 야구를 한다.

모두, 야매지. 한 명이라도 성한 사람이 없다. 감독은 장애인 등록증마저 있어 더더욱 증명되고 검증된 어쭈구리. 힘없는 손가락으로 펑고를…… 공이 오늘따라 슬프게 날아간다. 약 가방에는 박태환 선수가 바른다는 연고도 있고, 박찬호 선수가 바른다는 연고도 있고, 숙취용 약도 여러 가지로.

어째, 기독교인이 한 명도 없네. 밥 먹을 때 두 손을 모으는 신자가 한 명도 없으니, 우리를 위하여 누가 기도를 올려주나. 아직 떨어지지 않은 현수막이 한 해를 기억하고 있다. 전국야구인연합회에 사연과 사업계획서를 제출하고 여름 내내 주말마다 만났던 장애학우들. 느티나무장애인학부모의 떨리는 손들이 바람 타고 다시금 전해지는 오늘이다.

고물상에서 촛대 두 개를 얻어왔다. 푸닥거리를 했거나 간절한 기도에 사용된 촛대 같아서 기분이 묘하고 소름이 돋았는데, 트렁크에 싣고 다니기만 하다가 아직 집 안에는 들고 들어가지 못한. 엄숙한 기가 느껴져 차를 탈 때마다 누군가와 동행하는 느낌이다. 좋은 일들이 하나둘씩 생겨 아직은 부적처럼 차에 조심히 태우고 다닌다.

겨울비가 온다는 예보가 있어 오랜만에 먼지도 씻겨나가겠다. 잔디도 지붕도 한결 산뜻해지겠다. 흥얼흥얼. 습관처럼 노래를 달고 사는 정희, 상민, 정운, 상철. 주술도 주문도 아니지만 야구장의 분위기는 늘 상기된 사람들의 허밍으로 가벼워진다. 기도처럼 축도처럼.

벌써부터 복숭아뼈가 까져 있었는데 걸을 때마다 아팠건만 까먹고 발목운동화를 신고 왔다. 1루까지 갈 일이 없을 거라 했다가 한 바퀴를 세 번이나 돌고 다시 돌고. 아파도 야구 잘 되는 날은, 그런 날은 아픈 줄도 잊어버리게 하는 묘약.

같은 병을 앓는 사람들, 이 외롭고 고된 사람들이, 야구처방전을 함께 받고 같은 약을 먹는다. 섬진강 물 한 바가지 퍼서 약 한 봉지 털어 넣고 꿀꺽, 먹다가 체하면 등 뒤에서 만져주고 안아주고. 의사도 약사도 힘들 땐 야구하겠지. 야구하는 거 보면서 잘 살겠지. 우리처럼, 우리처럼. 선수 중 가장 잘 다치고 많이 다친 사람은? 으뜸이 상철이고 버금이 영모다.

2015년 5월 20일 남해에서
선수 중 가장 약골인 유상철과 제일 착한 전영주

에고, 에고 앓는 소리가 들린다. 상철은 상비약 가방을 신주단지 모시듯 안고 있다. 보약이라도 사주고 싶은 형들의 마음만은 진하다. 야구하는 사람들이 '야매'거나 '사이비'인데, 팀이 명품이 될 수가 있을까. '프로' 같은 '사회인' 야구단을 찾아가 벤치마킹이라도 할까, 하고 단장이 상철을 보고 웃는다.

야구단이 알려지면 반드시 '좋은 선수'들이 오게 된다. 당연히 우리는 좋은 성적으로 손님 맞을 준비가 되어 있어야 하고. 터벅터벅 걸어가는 오늘의 뒷모습일지라도 내일의 걸음은 또 힘차게.

유상철 | 2루수

박 씨가 다 해먹는다고?

마지막 시장을 본다. 숯도 사고 돼지목살, 가리비, 우럭조개,
전복도 사고. 가스통을 반 잘라 고물상에서 만든 숯불구이용
석쇠를 챙기고 생수, 맥주, 우리들의 사이다인 소주도 챙긴다.
총회다. 임원이 바뀌는 큰 회의다. 스피드건이며, 새 유니폼
장만에 초청경기와 행사도 많이 했던 한 해를 보내고도 통장
이 조금 따시다.

감독이 단장이 되었다. 박정희가 단장을 맡고 박정배가 감독
을 하고. 박상민이 사무국장을, 상임부단장에 박병준. 박 씨
다. 올 박. 부단장 박기수까지 '어쭈의 5박'들이 다 해먹는다는
말이 나왔다. 사랑하는 이수현이 차장을 맡았는데, 정희 회사
직원이니까 박수현이라 놀리면서 임원교체는 마무리.

재미있겠다. 출범된 2018년 어쭈구리를 위하여 최고고문인 하용덕 큰형이 봉투를 주셨다. 치통으로 고생 중인 충민 코치가 늦게 도착했다. 회원들이 엎드려 큰절을 올렸다. 시작은 '스승의 은혜'를 부르다가 끝은 '어버이 은혜'로 마쳤다. 절기로 소한이 지나고 이틀째, 계절을 잊은 듯 따뜻한 날씨였다. 강변에서 회의하기 좋은 날씨.

토요일이라 미용실 문을 닫을 수 없어 손님 전화가 오면 달려갔다가 파마 한 머리 말아놓고 다시 야구장으로 온 용환도 고맙고, 6시 근무교대라 저녁도 못 먹고 급히 일터로 간 종현이도 고맙고. 싱싱한 해산물 장을 봐온 승용이도 수고, 내내 가리비 굽고 고기 구운 상철이도, 동생들 추울까 장작불 지피고 살린 정운 형도, 판촉물 홍보용 책자 헌납으로 첫 불을 지핀 상민도 모두모두 수고.

비구니스님도, 강아지를 앞세우고 걷는 여인도 강처럼 흐른다. 공을 내려놓고 오랜만에 강을 본다. 강변 따라 걷는 사람 풍경도 여유 있게 본다. 옆집 옆에 옆집처럼 벚나무가지 위의 까치집도 보고. 죽은 비둘기 주위에서 맴도는 어린 메 한 마리도 우리들 옆에서 만찬을 하고 있다.

은혜롭다. 도시라면 어떨까. 빨리빨리 마치고 빨리빨리 먹고 뭐든 빨리빨리. 슬로우, 슬로우, 느리게 살며 사랑하며 배우는 우리는 하동이 딱이다. 이 아픈 충민 코치처럼 천천히 씹고, 천천히 뜯고, 천천히 맛보는 야구를 오해오래 하고 싶다. 박씨들이 집권하는 2년을 믿고 응원하면서.

알밥 터질 때까지 일컷

"우리가 언제 야구 잘하라더냐, 김밥 잘 사오라 했지." 이것은 사무국장한테 하는 소리, 형들의 입에서 나오는 소리. 센 소리, 잔소리, 이구동성. 돌아서면 배고픈 소리, 공보다 공복을 더 무서워하는 소리. 4년간 진한이가 질리도록 들은 소리. 김밥 옆구리같이 잘 터지는 소리.

진한인 동생이라 형들이 막대했다 친다면, 상민이 사무국장인 새해는 어쩔래. '천국'에서 사오면 싱겁다고 퉁, '엄마'한테서 사오면 짜다고 퉁, 진한 대하듯 그렇게 투덜거릴 수 있는 사람 손!

한참 경기하다가도 김밥, 먼 거리 이동한다고 김밥, 먼 데 다녀왔다고 김밥, 새벽부터 나왔다고 김밥. 밥, 밥, 밥. 삼시세끼

꼬박 챙기듯 챙겨대느라 손발이 고생했던 진한에게 수고했다고, 애썼다고 김밥 사줄까 놀린다. 가족들의 밥을 챙긴다는 게 얼마나 복 짓는 일인가.

살림을 맡았던 진한은 사무국장 치고 손이 좀 작은 편이다. 맏며느리감은 아니다. 김밥도 딱 맞게, 생수도 젤 싼 물, 커피는 하도 구박을 많이 들어 등급상향이 된 지 2년째. 그래도 짜다. 결혼을 하고 나니 더 짜다. 아끼고 아꼈다.

진한이는 외야수비도 3번 타자도 잘했다. 이 말 저 말 잘 삭혀내며 선후배 가운데서 별일 없이 1,2대 사무국장을 길게, 힘들게 잘해냈다. 총각으로 왔다가 결혼도 하고 할아버지 상도 당하고. 예쁜 아내도 있고 곧 아들도 태어날 거고. 아마추어야구가 늘 시끄럽지, 이 편 저 편 어딜 가나 생각이 두 갈래. 그 속에서도 무게를 잃지 않고 묵묵히 잘했다.

어느 모임에서든 총무는 성격 좋은 사람이 맡는다. 공지 등 전달사항도 많고, 여러 의견을 취합하여 단장이하 임원들과 의논해야 하고, 골치 아픈 회비와 지출 등 돈 관리로 늘 주머닛돈이 더 나가고. 회원들의 관혼상제에 귀 기울이고 관심을 가져야 하며, 경기는 물론 사진도 정리해야 한다.

진한이가 이렇게 수고로움이 많았음을 새 국장에게 자리를 인계하고서야 알았다. 김밥 타령만 할 것이 아니라 한번 안아주기라도 했어야 하는데 그러지 못한 미안함에 선배들이 오랜만에 술을 마구 권한다. 계산에 신경 쓰느라 편히 술도 못마시고, 밥이 코로 들어가는지 입으로 들어갔는지 혼자 애썼던 시간들. 야구하러 왔는데, 살림을 맡았으니. 이젠, 야구 실컷 해라. 김밥 말고 '야구공 실밥 터질 때까지' 실컷 쳐라 진한아. 고마워.

2013년, 2014년, 두 해를 사무차장으로, 뒤이어 3년을 또 사무국장으로 고생한 진한에게는 '야구' 하면 아주 슬프고 미안한 이야기가 있다. 결혼을 기약하고 생긴 아이가 유산되었다. 남해리그, 어쭈구리의 첫 경기에서 다급한 전화를 받았지만 경기 중 달려갈 수 없는 여건이었던지라 아내는 혼자 119에 실려 광양의 큰 병원으로 갔다. 유산 소식. 수술 후 혼자 귀가한 아내를 안고 펑펑 울었던 그날을 어찌 잊으랴.

2017년 1월 1일. LG 이병규 선수의 아들이 다니는 도곡초등학교 학부모들과 친선 야구경기를 한 날 아내를 회원들에게 소개했다. 유산 후 다시 만난 아기, 안신우. 아이를 볼 때마다, 야구를 할 때마다 유산된 아기가 생각나는 트라우마. 어른이 된다는 게 이토록 통증이 크다는 걸 깨우친다. 발 동동거리며 국장 역할을 했던 지난 시간들도 지금은 감사함으로 변했다.

서운했다. 서운한 팀원들 챙기는 것도 어려웠다. 어려서 더 어려웠다. 크고 작은 기획이나 경기를 준비하고, 등록하고, 문서를 만드는 일, 또 일과 후의 과제들도 벅찼던 게 사실이다. 그러나 지나고 보니 소중한 시간. 태어나자마자 인큐베이터에 옮겨졌던 아기의 첫돌을 맞았다. 걸음마를 배우고 뛰고 달리고, 아빠와 야구장에서 캐치볼 할 때까지 아가야, 무럭무럭 자라라.

2016년 12월 31일
도곡초등학교 야구부 학부모와의 친선경기 후
LG 코치 이병규 선수와 안진한

경비가 수비를 할 때

3조가 2교대 경비를 선다. 화력발전소에 다닌다고 하면 직장이 참 좋다고 다들 부러워한다. 무슨 일을 하느냐고 친절히 물어오면 경비라고 말한다. 그때서야 아, 하거나 예, 하거나. 경비 서듯 외야를 지키라는데 작은 키에 짧은 팔다리 가지고는 참으로 공이 멀다 멀어.

화력에도 야구팀이 있지만 마음은 여기로 향했다. 근무지가 하동군 금성면, 이순신장군의 노량대첩이 있었던 남해바다가 열리는 곳이다. 화력발전이라 야간근무를 할 때가 얼마나 멋진지. 건너 광양제철소의 빛도 한몫해 심심한 위로가 되기도 하고.

경기 일정이 미리 공지되면 동료에게 양해를 구한다. 막상 당일 형편이 어떻게 될지 몰라 늘 참석여부에는 그날 보고. 참석, 불참석이 확실치 않아 그날 보고에 한 표 하는 삶. 라인업에 못 들어가는 경우도 참 많았지만, 늦게나마 혼자 운전해서 야구장에 가면 서운함도 아쉬움도 사라진다.

누구랑 친하지? 6년을 넘게 같이 야구하면서도 늘 혼자 다니고, 끝나기가 무섭게 근무하러 가고. 열정이라 불러주면 위로가 될까. 스피드건에 찍히지 않는 열정. 툴툴 털고 외야에 섰다. 잡았다. 키의 세 배로 높은 공을 머리 위에서 잡았다. 경비서듯 수비했다.

허공을 가로지르는 공을 눈으로 보는 순간, 그리고 공이 글러브에 착, 소리 나게 안기는 순간 온몸에 전기가 흐른다. 투수에게 혹은 3루를 향해 던져야 하는 계산도 찰나지만.

경비근무 10년차 오종현. 현장의 노동자들은 자주 바뀌고 수많은 인력들이 오간다. 스텝들에게 상의 영광을 돌린다는 연말 각종 시상식 멘트들, 이곳에 선 나도 스텝이다. 눈 감으면 발전소내부가 훤하고, 도사리고 있는 위험으로부터 늘 긴장해야 한다. 오늘도 밤 근무. 심장이 생생하게 파닥거린다.

불일폭포 등산로를 청소하러 가자는 공지에 아내는 소풍날마냥 신이 나서 새벽부터 도시락 찬조에 적극인데, 돌도 지나지 않은 아기를 업고 그 산길을 올라야 한다는 생각에 종현은 아찔하다. 오랜만의 가족행사라 불참하자니 미안해서 안 되겠고. 주말마다 당직이 걸려 야구 연습도 결석이 잦았는데 오늘따라 비번도 아니고.

좋았다. 아기 업고 쓰레기를 줍고, 아기 업고 사진도 찍고. 불일폭포 정상에 닿으니 속이 시원했다. 바다 옆에서 경비만 서서 그런지 모처럼 만난 산이 좋았다. 저 아래 쌍계사로부터 살살 바람처럼 들려오는 불경소리에 마음이 편해졌으며, 가족의 안녕과 야구단을 위해 속으로 기도하는 시간도 되었다. 내려가는 길, 다리가 후들거렸지만 등에 업힌 아이에게 청정 1급 공기와 지리산의 기운을 선물한 것 같아 가슴이 벅찼다.

좋은 사람들이다. 밤낮도 엉망인 직장생활에 봉사라니, 언감생심이었을 텐데…… 크고 대단한 일은 아니지만 야구단에서 진행하는 소소한 나눔이 참 따시다. 도시락이 정말 훌륭했다는 극찬에 아내는 야구단과 야구에 대해 이해하는 마음이 좀 더 넓어졌다 한다. 착한 야구단이라며, 야구 열심히 끝까지 하라는 아내의 응원도 받은 날.

오종현 | 2루수

동방예의지국

"날씨가 좋은 관계로 야구를 빨리 시작합시다."

2018년, 새해 첫 경기다. 친선. 상호간의 예의를 크게 외치고 시작을 알리는 진주 JB와 어쭈구리, 어쭈구리와 진주 JB. 단장 직을 후임에게 넘긴 정운 형의 몸이 가볍다. 긴장감 없이 편해 보이는, 안정된 경기를 했다고 자타가 인정. 새해 첫 득점. 그런 날씨였고, 신입 셋이 모두 함께한 날이었다.

'난, 왼손잡이인데, 1루 하기 싫은데, 잘못하면 욕 실컷 얻어먹는 자린데.' 이것은 태호의 속마음, 속사정. 공이 제발 1루로 오지 않기를 바라는 주문을 외우면서 8이닝째 서 있다. 9이닝까지 합의하고 두 팀 모두 연습을 실컷 한 날. 야구장을 향해

배 쑥 내밀고서 아주머니 한 분이 걸어온다. 어 어 어 어 어머나, 종혁이다. 양상추처럼 파마를 하고 덧니가 다 보이게 실실 웃으면서.

상대 선수들로부터 '꼴잡하다'는 말이 나왔다. 스물다섯 살부터 가위를 든 용환이 심판을 보는데 불공정하다는 의견으로 노장이자 느림의 대표 기수 형으로 교체되었다. 억울하다. 쪽 팔린다. 연습구 없이 시작하자던 JB 투수(17번)의 공을 정배가 받아친다. 눈이 좋은 거다. 태호, 우석, 정운, 연달아 아웃. 이닝이 바뀌어도 수현, 용환 아웃.

8번 타자 정배 대신 신입이 방망이를 들었다. 땅볼이다. 1루로 양배추 굴러가듯 쎄리 뛴다. 종혁의 데뷔전이 되었다. 연습경기의 장점이 이런 것이 아닐까. 수현이, 승용이가 마운드에 서서 공을 던지고 종혁이가 방망이를 들고 폼을 잡아보는 두근두근한 기회. 시간이 오래되지 않아 7이닝을 마치고 8이닝부터 정운 형이 투수를 한다.

1루 외야를 종혁이가 섰다. 이것은 정말 무모이거나 무식이다. "저 공을 못 치면 벌금을 내자"는 소리가 JB에서 들려온다. 그리고 "오늘, 마음껏 때리십시오"라고 웃음 주는 정운. 공은 하필이면 종혁에게 다 가고, 왔다 갔다 정신없이 혼만 쏙 빠진 종혁이 옷을 벗는다. 이 추운 겨울에 반팔 티만 입고 펄펄 날고뛰고 있다.

공 마중을 잘 나가는 선수들을 보고 '동방예의지국 어쭈구리'라 불렀다. 날아오는 공에 미리 인사하러 나갔다가 공을 놓치는 기철. 태호 있을 때는 공이 한 번도 안 날아가더니 경기가 끝나는 동안 종혁이는 식겁을 몇 그릇이나 먹었는지. 암튼, 날씨도 좋고 예의도 바르고.

햄버거와 커피를 사들고 하동읍 중앙로터리를 도는데 앞서 달리던 오토바이가 넘어졌다. 충민 코치 없이 겨울을 보내야 하는 회원들의 마음처럼 어수선했다. 충민 코치는 학생들과 대만으로, 우리는 섬진강으로 동계훈련을 갔다. 너무나 거창한 말, 동계훈련. 우리 구장이 있기에 폼 잡아보는 말. 겨우내 공 갖고 놀고 볼 잡고 놀면서 바쁜 척하기가 시작되었다.

고맙다. 야구가 뭐시라고 이리도 좋아서 연습할 때마다 열, 열셋은 기본으로 출석한다. 펑고할 맛 난다는 정배 감독의 말이 어떤 맛인지 우리도 안다. 춥다. 강이 꽁꽁 얼었고 강 건너 쌓인 눈이 바람에 날려 우리들의 콧등에 붙는다. 산불진화대 봉고가 읍내 방향으로 급히 출동하고 119구급차는 진주 방향으로 출동하는, 왠지 불안하고 급한 날이다.

불이 빨리 잡혔는지 소방헬기가 착지 중이다. 충민 형은 대만에 잘 도착했을까. 불은 꺼졌지만 우리들의 열기는 식지 않는다는 진부한 멘트가 오늘따라 질기고 길게 느껴졌다. 금세 '폼'을 잊어버렸다는 기철이가 더 멀리 서 있다. 초창기 1번 타자였는데 몇 년 쉬다 오니 9번 타자가 되었더라는 '초창기 타격왕' 기철의 말은 회원 수가 늘었다는 말도 되고, 곧 쉰 살이 된다는 말도 되고, 야구실력이 쑥쑥 향상되었다는 말도 된다.

설탕이 없다고 툴툴댄다. 왜 쓴 커피만 있냐며 거구, 진홍이가 쓴소리를 한다. 어쩌다 우리가 블랙커피로 통일했는지, 언제부터 지독하게 연습했는지 진홍이만 빼고 다 아는 이야기. 다른 팀에서 활동하던 선수가 입단의사를 밝히면 우리는 애매하다. 곤란하고 조심스럽다. 아직, 정회원은 아니지만 진홍이가 그렇다. 단장은, 감독은 고민이다.

반대로, 입단약속을 해놓고 다른 팀으로 가버리는 경우도 있다. 그럴 땐 또 쿨하다. 시합에서 만나자며, 열심히 하라며 격려한다. 공을 겁내지 말라고, 물러서서 기다리지 말라고 자주,

자꾸 말하면서도 '한 사람'이 오고 가는 일은 참 어렵고, 할수록 겁나고 알수록 조심스럽다.

전국이 건조주의보다. 전국이 동계훈련으로 뜨겁다. 3월부터 시작되는 리그를 기다리는 마음처럼 백 번째 공이 붕 뜬다. 빼빼마른 정배 감독의 체력이 건조주의보다. 헉헉.

김종혁 | 신입회원

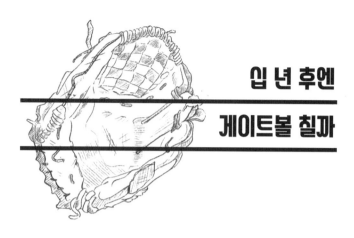

입 년 후엔
게이트볼 칠까

"십 년만 야구하고 십 년 후엔 게이트볼 칠까?" 이 말의 주인공은 고성의 72팀이다. 우리 보고 하는 말 같아서 같이 웃었다. 콧물 눈물 쏙 빠지는 날씨 탓에 화장지를 호주머니에 넣고 경기를 한다. 눈도 오고, 아침부터 손님맞이 장을 본 새해 사무국장 박상민이 아끼는 가쓰오부시까지 넣어 맛있는 오뎅국을 끓인다. 72년생 쥐띠들의 모임, 올 친구. 이재탁의 사회친구들이다.

우리 승용이, 저쪽 승용이가 던지고 치는 동안 국이 다 끓었다. 윗옷이 두꺼워 아머를 입었다고 착각한 포수 진홍을 불러 단장이 정신차리라 했던 추운 날씨. 불을 지피려 장작을 싣고 오라 했더니 자재를 싣고와 불태운 석환이. 2018년 2월 11일.

오늘의 날씨를 이렇게 적고 일기를 쓴다면 재미있겠다.

2010년 창단을 하고, 십 년을 채우기까지 얼마 안 남았는데, 그다음은 우리가 외야라 부르는 저기서 그라운드골프 쳐야 되는 것이다, 72팀에 의하면. 십여 년 후면 환갑이라고 우리끼리 말하고 있는데 콧물은 계속 나오고. 우린 아직 젊은데…… 서운할 것 같다. 솔직히 말하면 생각하기 어렵다. 어쭈구리를, 고물상도 모르는 후배들이 가꿔나간다면 고맙지만, 자꾸만 우리는 왕년에, 옛날에, 그러면서 고물 같은 야구공만 만지작거리고 있을 것 같다.

주말마다 연습, 친선경기를 하다 보니 벌써 2월이다. 11일. 어렵게 승낙받은 2018 광양리그 참가 결정. 개막일인 3월 25일에 우리 경기가 있다. 2017년 광양리그 우승, 광양 시리즈 우승팀 '썬샤인'이, 우리의 상대팀이 지금 섬진강에 왔다. 평창 동계올림픽 여자컬링 결승이 있는 날이고, 폐막을 하는 날이다. 흥미진진한 날. 택시드라이버 김영호가 선발투수로 지목되고 석 달 내내 얼굴 한번 안 보여주던 유상철이 출석했다.

추워서, 하도 추워서 겨울은 취약이라 밖을 나오지 못했다는 말에, 이젠 다 그랬구나 한다. 바람만 불어도 저만치 날아갈 것 같은 팔다리 몸. 아, 바야흐로 봄이라는 계절은 상철이가 야구장에 나와야 시작되는구나, 하고 뭐든 갖다 붙이기 좋아하는 우리는 또 웃으면서 경기 시작. 아무튼 다행이다. 건강한 얼굴로 만나서.

바이크가 행진한다. 관광버스가 꼬리를 물고 화개장터로 향한다. 봄, 봄, 봄. 싹 다 좋게 볼 봄. 아직 쑥은 보이지 않는데 볕이 따뜻하다. 새 유니폼을 받아 신이 난 태호도, 태우도 왔는데 종혁이 안 보인다. 보청기를 빼놓고 잠이 들면 세상모르고 잔다는, 아니지, 세상모르고 자고 싶은 날은 아예 보청기를 빼고 잔다는 종혁인 지금이 몇 시인지, 해가 떴는지, 배가 고픈지, 아무 생각 없이 자고 있다.

경기 중에 1루 수비가 잠깐만요, 하더니 박상민 대신 김기철이 들어갔다. 잘ㅡ한다. 배탈이다. 술 탓이다. 설사 탓이다. 혼자, 외로움 탓이다. 실수가 잦고 봄볕이 밝아 공을 마주보기 어려운 날이었다. 어제는 최용환이 라인을 분홍빛으로 물들였다. 분홍색 노끈으로 술을 만들고 대못 대가리에 달아 각 라인마다 다섯 개씩 박아놓았다. 이렇게 생각나는 대로 마음 가는 대로 가꾸고 살아간다.

빗방울이 떨어지다 말았다. 경기는 아직 5이닝 공격 중. 광양 리그 개막전에서 만날 팀이라 서로 견제하고, 비밀이 많은 경기였다. 우리의 구원투수, 승리투수 차석환을 꼭꼭 숨겨둔 날. 그냥 구경 왔다는 박기수 옷을 벗기고 운동화를 벗기고 그래도 하기 싫다는데 억지로 마운드에 올리고…… 그리고 최용환의 마무리 공…… 그럼에도 우리는 비밀을 들키지 않은 채로 이겼다. 광양도 왠지 투수 둘쯤은 숨기고 있는 듯했지만 어쨌거나 우리 승. 광양에서 만나자.

오늘도 열다섯 명이 출석했다. 아침 겸 점심으로 김밥 한 줄과 고로쇠 수액 두 컵이 전부였지만, 참석 인원이 아까워, 볕이 아까워 우리끼리 연습경기를 시작한다. 박기수가 두 신입의 선생이다. 맨날 땍땍거리고 투덜대지만 공만 잡으면 완전 진지모드. 레알, 각이 팍팍 살아난다. "직구가 남성이라면 변화구는 여성이야." "잉? 웬 전문가용 멘트?"

기수 형이 태호랑 태우에게 커브,* 슬라이더,** 체인지업***을 이야기한다. 목에 핏대를 세우고. 눈은 외야로 가는데 귀는 실내연습장으로 쫑긋. 검지와 중지를 붙인 채 중지가 공의 돌출한 실밥 아래를 긁으면서 던진다. 12시에서 6시 방향으로 떨어지는 것과 2시에서 7시 방향으로 떨어지는 것으로, 두 종류가 있다는 커브에 대한 설명이다.

야구단의 첫 투수, 기수 형은 맏형이다. 하얗고 가느다란 손가락으로 공을 잡고 다시 말한다. 공을 놓을 때 마치 문고리를 돌리듯 손목을 회전시키라고. 슬라이더는 빠른 커브이며 느린 커터****의 성향이라고. 영특하고 이해가 빠른 요즘 젊은 이들은 하나를 가르치면 벌써 다섯 개를 응용한다고 선생의 얼굴이 상기된다.

선동열이 슬라이더의 명수였다면 박기수의 공은 아리랑. 웃자고 1루에 서서 연습 중인 박상민이 또 형을 놀린다. 하기 싫다고 마운드에서 내려온 적도 있다. 우리가 야구를 야구처럼 하지 않고 진지하지 못했을 때 포수는 화가 나 마스크를 집어 던지기도 했으며, 심판에게 항의하고 경기결과에 불복종하기

---

* 커브curve : 투구의 구종 중 하나로, 가장 큰 포물선을 그리며 종으로 떨어지는 공.
** 슬라이더slider : 직구처럼 빠르게 들어오다 타자 앞에서 미끄러지듯이 바깥쪽으로 약간의 회전을 하며 휘어져 나가는 볼.
*** 체인지업change up : 두 가지 종류로, 타자의 타이밍을 뺏기 위한 투구법.
**** 커터cutter : 컷 패스트볼Cut fastball이라고도 함. 패스트볼의 일종이나 슬라이더와 흡사한 움직임을 보이며 변화의 각도는 슬라이더보다 작지만 훨씬 빠르다는 장점이 있다.

도 했었다. 돌아오는 길은 말싸움에 땀범벅으로, 후배들에게 위화감을 주기도 했다. 그땐 그랬고 지금은 다르다.

야구를 야구답게. 공부하고, 훈련받고, 생각하는 야구를 하면서 우리의 이해력도, 머리도 똑똑해졌다. 책을 다양하게 읽는다. 서로 토론을 하고 승리를 위해 작전을 짠다. 단장을 신뢰하고 감독의 말에 집중한다. 신입을 사랑하고 선배에게 배운다. 십 년이면 진짜야구가 된다.

김태우 ┃ 신입회원

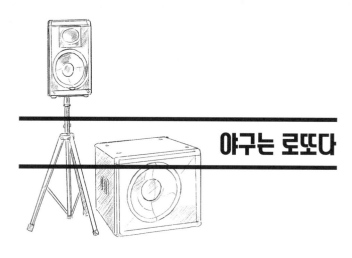

야구는 로또다

한 번도 안 맞고 하나도 안 맞고. 야구는 정말 로또 같지만 안우석의 음향은 한 치의 오차도 용납되지 않는다. 직업이다. 이벤트회사의 음향 엔지니어. 한 시간을 달려 전북 순창(사회인야구, 화이트샤크 팀)으로 야구하러 다니다 섬진강변에서 우연히 만난 야구장에 반해, 누구나 인정하는 정성스런 마음에 감동받아 2012년 8월, 강물도 펄펄 끓을 무더위에 입단을 했다.

삼삼오오, 하나도 안 맞는 로또 번호처럼 제각각인 사람들이 모여 야구 이야기를 나누고 있었고, 글러브를 빌려 내야에 서서 날아오는 펑고를 받았다. 합격이었고 어쭈구리가 되는 순간이었다. TV 앞에 모여 모두와 함께 해태 타이거즈를 응원했던 우석은 고향이 전북 순창이다. 고추장으로 유명한 매운

도시. 타이거즈가 이기면 통닭이 나왔고 지는 날은 초상집 같던 어린 시절이었다.

평일은 한가하고 주말에 일이 몰려 있어 연습이나 경기에 참석하기가 정말 어렵다. 결석이 가장 많은 회원이라 항상 미안한 마음이다. 2009년, 기아 타이거즈의 우승을 기념하며 시작한 야구. 직업인 이벤트와 야구가 별 상관없는 듯해도 일하다 만난 다양한 MC 중 타이거즈 CMB 방송 중계를 하는 분과 친해져 기아 야구장에 놀러 가면 선수들과 사진을 찍고, 사인볼을 받는 영광을 누리는 특혜가 있었다.

다리를 다쳤다. 음향장비 세팅하다 떨어지는 스피커를 몸으로 막았고, 150킬로그램의 스피커가 무릎에 떨어져 다친 후로는 뛰는 게 힘들다. 보는 것도 야구이기 때문에 많이 아플 때는 눈으로 즐긴다.

잡지에 실린 인터뷰를 스크랩하여 자주 읽어보며 초심을 갖는다. 최고의, 최상의 축제로 자리매김된 섬진강 재첩축제를 마치고 음향 엔지니어로서의 자긍심과 열정이 글로, 사진으로 소개된 적이 있다. 인풋과 믹싱. 이 두 조합이 최상의 스피커로, 모니터로 전달되는 순간! 방망이에 공이 닿는 순간 홈

런인지 알 수 있다는 프로들의 '감'처럼 음향기술도 '좋은 감'
이 있고, 또 그 '감'이 맞는다.

하동에는 축제가 많아 사계절이 바빠서 좋다. 방송이든 인명
이든 아무런 사고 없이 축제가 진행되기를 매 순간 집중, 또 집
중한다. 정희 감독처럼, 정운 단장처럼, 우리 선수들처럼, 야구
처럼 끝날 때까지 끝난 게 아닌 것처럼, 진지하면서도 즐겁게.

프로야구 시즌이다. 봄이고 벚꽃축제의 계절이다. 읍내시장
에 잠시 나왔다가 배섬 사무실 문을 열었다. 야구를 보는데,
NC 경기를 보는데, 기아를 응원하는 마음은 한쪽 구석에 몰
아넣고 잠시 앉았다가 안부만 전하고 문을 다시 연다. 집에 가
서 빨리 기아 경기 봐야지 하고.

지역감정은 아주 오래전의 이야기. 이젠, 할 필요도 없는 이
야기. 야구를 보지 말고 야구하는 사람들을 보러 오라고 동료
에게 권한다. 화려하고 생생하게 파닥거리는 현장에서 잠시
멀어져 뭘 해도 불량품인, 행복한 불량품인 사람들 속에서 잠
깐 쉬었다 가라고 말한다. '엄마가 싸준 도시락의 촘촘한 밥
알'처럼 모여 '인정의 허기를 달래주는' 곳에서 좀 놀다가 일
하자고 오늘도 말한다.

안우석 | 유격수

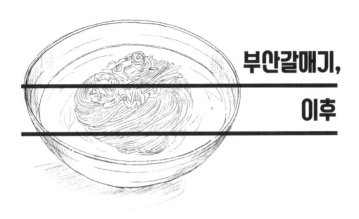

부산갈매기, 이후

회비독촉이 잦아 회원들의 언성이 높다. 아끼고 아끼자는 잔
소리 대마왕, 박상민. 국수 삶고, 밥 비비고, 갖가지 요리 소스
가 배섬 사무실 한편에 쌓인다. 이러다 주방이 생기고, 그러다
식당이 되는 건 아니겠지 하며 주인, 박정희는 눈을 살며시 감
는다. 희한하게도 다 맛있다. 연간 임원진의 사비지출이 미안
할 정도로 많아 국장 바통을 이어받은 박상민이 요리로, 밥값
지출을 반으로 줄였다.

부산 사람 박상민. 하동에 연고 한 통 없는 다 큰 남자가 혼자
서 산다. 디자인전공을 살려 하동관내 신문사에서 편집차장
으로 근무한다. 시원하게 긴 팔다리, 더 시원하게 벗어지고 있
는 이마가 쿠웨이트 박 씨를 닮았다는데, 제3자들은 아직도

동의하지 않고 있다. 1루수. 그리고 타격왕. 요즘은 경기보다 선수들을 먹이고 먹이는 데 집중하는 중. 무안타가 기록.

간첩이 낙동강 하구에서 잡혔다는 어릴 적 기억을 꺼내며 부산 한 바퀴를 입으로 구경시킨다. 갈래? 지금 부산 갈래? 갔다가 회 먹고 새벽에 돌아올래? 정희만 오케이하면 되는데 두 번을 물어도 답이 없다. 한 번 더, 갈래? 다시 물어도 끄덕도 안 하던 단장이 선수들 특식으로 가오리 회 무침을 해달라고 부인께 간 큰 전화를 한다. 신문 원고 마감일, 화요일이 가장 바빠 배섬에 국장이 안 보이면 그날이 화요일이다. 사연 많은 부산을 떠나 다양한 사람들을 만나면서도 정 붙이기가 어려워 마음고생을 했다.

야구 다음으로 낚시를 좋아한다는 동질감으로 지금은 박기수, 박병준, 안진한, 유상철 회원과의 친분이 딱-풀처럼 끈끈하다. 좋아하는 박정희가 있어 타지에서의 외로움을 덜고 있고, 이정운의 잦은 전화에 '살아 있음'을 수시로 느낀다. 모자를 벗으면 노안, 쓰면 동안인 탓에 오해도 이해도 많지만 까짓것, 숨길 것도 숨을 이유도 없는 이곳 하동에서의 삶은 참 행복하다.

사적인 이야기는 안 물어봐서 안 했을 뿐인데, 아들이 있다는 말에 자꾸만 얼굴을 한 번씩 더 보면서 "괜찮나?" 하고 묻는다. "응." 하는 짧은 답만. 짧고 굵은 한 방처럼 상민의 방망이 힘은 "응"에서 시작되는 것일까? 상민은 자신의 인생이 아직 원아웃밖에 안 되었다고 말한다. 하동에 사는 동안 그에게 기회도 실력도 운도 따라주기 바라며, 상민이 꼭 홈런볼을 들고 고향에 가기를 모두가 응원한다.

요리사들은 야구 시합이 끝나면 상대팀을 축하연회에 초대했는데 언제부터 요리를 준비해야 할지 예측하기 힘들어 애를 많이 태웠다는 이야기가 있다. 그래서 요리사들은 경기가 끝나는 시간을 미리 예상할 수 있게 야구 규칙을 개정해달라고 강력히 요구했고, 그 결과 오늘날의 야구는 9회까지 하게 되었다는데.

요리사 박상민은 국수말기에 실패했다. 3회가 끝나고 나면 준비해온 다시국을 데우고 삶아온 국수를 차린다는 계획을 시도도 못해봤던 경기. 콜드게임 승으로 기분은 정말 좋았고 배는 쫄쫄 고팠고. 짐을 싸고 다음 경기에 참가할 선수들이 몸풀기를 하는 동안, 트럭에서 국수를 먹었다. 다른 팀 경기도 보고, 전략도 보고, 허기도 달래고.

전광판이 지워지기 전에 사진으로 저장하고, 추억은 각자들 마음속에 저장하고, 새벽부터 20인분의 국수 가락을 삶은 정성에 남김없이 호로록. 부럽다 하였다. 어쭈구리의 인정이, 따뜻함이 부럽다 하였다. 부러우면 진다는데, 올해의 광양리그 우승은 따놓은 거네, 하면서 우리끼리 웃고.

1박2일 합숙훈련은 갖다 붙인 핑계고, 모처럼 경기가 없는 주말에 통영 가자는, 죽도에 가서 캐치볼 하자는 의견에 아무도 동의하지 않았다. 봄날이 좋아서, 봄꽃이 아까워서, 갈 사람 살짝 손을 들어보라 했더니 한 손도 없다. 바람이 좋아서 부산이나 다녀와야겠다. 사계절이 꽃 천지인 동네, 꽃 축제로 길이 빵빵 막히는 동네를 두고 어딜 간다고, 이 봄에 미쳤나.

이기면 다음 경기의 메뉴가 정해지고, 지면 각자도생各自圖生이다, 라고 매 경기 국장이 크게, 크게 이른다. 이겼으니 다음은 카레라이스. 나이스. 모두가 좋아하는 카레를 한 대접씩. 벌써 침이 고인다. 야구장에서 먹는 카레는, 특히 이기고 먹는 카레는 목구멍을 넘어가면서 목탁을 칠까, 국장이 안타를 칠까 그런다. 싹 다 좋게 볼 봄이다. 좋은 본이다.

박상민 ㅣ 1루수

에필로그

습관이 생겼다. 임원들, 아니 회원들이 일기를 쓰거나, 좁게는 메모를 한다. 생각하기 위해서 우리는 기록하기로 했다. 아마도, 십 년 후에는 이 기록을 개인 산문집으로 묶어낼 회원들이 꼭 있기를 바라며, 배섬으로 간다. 구리에게 간다.

설날이 며칠 안 남았을 때 박상민 사무국장이 진돗개 한 마리를 입양했다. '어쭈'냐 '구리'냐 중에서 다수의 의견으로 붙여진 이름, 구리. 단장이 출근하고 나면 문이 닫힌 사무실에서 혼자 노는 구리가 안쓰러워 간식도 주고 똥도 치우려 점심시간마다 문을 여는 국장의 마음이 따뜻하다. 일주일에 두 번은 최용환 헤어리더에 데려가 씻기고 보송보송하게 닦아준다.

식구가 늘었다. 봄이 활짝 피면 구리를 데리고 야구장으로 갈 계획이다. 구리가 홈런볼을 물고 올 때가 곧 올 것이다. 캄캄하던 시절, 야구가 없었으면 절망을 무엇으로 견뎌냈을까 영모가 말한다. 소처럼 여린 눈에 눈물이 고인다. 내일이 올까 두렵고 오늘 밤을 혼자 어떻게 보낼까 무서워도 살아야 했던 고물상은 공동묘지가 있던 곳이다.

신화의 주인공도 없고 타격의 달인도, 스포트라이트도 없다. 각본 없는 드라마가 야구라지만 삼류도 안 되는 이야기를 이렇게 묶었다. 근사한 제목을 붙이려니 빌려 입은 옷 같아 어색하고, 어쭈구리가 만들고, 어쭈구리 시인이 묶었으니 '메이드 인 어쭈구리'. 출판사의 의도로 제목이 혹여나 바뀐다고 해도, 이 책의 원제로 기억해주길 바란다.

여성야구단 창단을 위해 회원모집을 했으나 성원이 되지 않아 접고 말았지만, 어쭈구리의 팬으로 남아 응원과 도움을 아끼지 않은 최은진 양에게 감사를 전한다. 읍내 시장에서 작은 카페를 운영하며 매 경기 음료와 다과로 선수들을 격려하던 예쁜 마음으로 벚꽃이 활짝 핀 4월에 결혼을 했다. 축복한다.

어쩌다 고문이 되신 하용덕, 이진우 님. 고문顧問이 고문拷問이 되진 않았을까 미안함과 고마움을 꼭 전해달라는 회원들의 진심을 알아주시길. 이야기를 모아 고치고 더하는 과정 속에 혹여 서운함이 있더라도 용서와 이해 바라며 이 책이 야구하는 하동사람들에게 소소한 즐거움이 되길 바란다.

한동안은 호주머니가 털린 듯 허전할 것이다. 하지만 다시 우리는 써야 한다. 야구단이 해체되지 않게 기록을 남겨야 한다. 역사처럼, 정치처럼 말이다. 바람이 있다면 조기축구처럼 읍면단위마다 야구단이 생기면 좋겠다. 주니어야구단이 만들어졌으면 좋겠고, '배구의 고장 하동' 하듯 하동에 야구가 자랑인 날도 오면 좋겠다. 사회인야구에 대한 관심과 우리에 대한 시선이 날로 따뜻해지면 좋겠다.

김충민 코치를 자주 만나면 좋겠다. 어쭈구리 야구 이야기는 김 코치가 오기 전과 후로 뚜렷이 구별된다. 하동이 좋아서 쉬는 날마다 고향처럼 다녀가는 봄 같은 사람. 도전할 수 있는 자존감을 심어준 은혜로운 사람이다. 우물 안 개구리였던 우리에게 세상을 보여준 사람. 당신은 진정한 야구인.

잔치를 열자. 펑펑 실컷 울자. 시원하게 한 방 날리자. 날자, 날자, 우리도 날자꾸나. 초대를 하자. 세상 모든 사회인야구 선수들을 불러 노래를 부르자. 꿈도 꾸고 춤도 추고. 막, 이래 좋아서 책을 읽는 내내 웃음이 만개할 것이다. 안 하는 것보다는 저지르는 게 맞다. 저지르면 어떻게 해서든 수습은 되었다. 해보자, 하자는 말을 많이 들었다. 강변에 기둥을 세우고 그물을 칠 때도, 장례식장 한 동 뜯어와 실내연습장을 만들 때도, 서울까지 올라가 교육을 받고 장애인 야구교실을 만들 때도, 아기를 업고 불일폭포 등산로를 청소할 때도.

안 된다, 안 한다, 못 한다는 말이 입 밖으로 나오기도 전에 누군가가 먼저 해버리고 있었다. 시작은 늘 다짐보다 한발 앞서 나갔다. 편애하는 이수현이라고 자주 말하면서 잘 챙겨주지 못한 것도 명치에 걸려 있고, 글이 안 써지면 불쑥 찾아가 고물 속에서 놀았던 시간, 어떻게 쓰고 있는지 얼마나 썼는지 늘 궁금해하며 관심 가져준 얼굴이 선명하다.

올해부터 단장을 맡은 박정희, 상임부단장 박병준, 부단장 박기수, 감독 박정배, 사무국장 박상민, 그리고 사무차장 이수현. 박 씨들 사이에서 차장의 기가 죽지 않기를 속으로 빌며 다섯 명의 박 씨에게 응원의 박수를 짝, 짝, 짝. 오 년 동안이나 사무국장을 한 안진한도 정말 고생 많았고, 어쭈구리 하면 빼놓을 수 없는 여명모 원조단장, 동생들 밥 사주고 어리광 다 받아준

직전단장 이정운, 고마워요.

혼자 감격해서 꼭 연말 시상식장 기분이 든다. 어쭈구리를 만든 친구들, 현직 어쭈구리들을 대신하여 글을 쓰다 보니, 나도 얼추 팔 할은 출석한 것 같아 묘하다. 이 기분. 이 정신. 다락방에서 글 쓴다고 밤 외출을 삼갔더니 각종 모임에서 제명될 형편이다. 책이 나오면 오해가 이해가 되어 한잔하기 좋은 밤이 오겠지. 낮보다 더 밝은 밤을 지났더니 시력이 나빠졌다.

집 앞을 지날 때마다 불 켜진 다락방을 한 번 더 보고 간다는 팬도 있고, 글이 안 써지면 언제든 먹고 마시고 놀자는 항시대기조도 있고, 너무 조용해 죽었는지 걱정되어 다락방문을 살짝 열어보는 가족도 있고. 마지막 마침표를 찍는다. 고생한 나에게도 토닥토닥.

추천의 말
- 이병규 LG 트윈스 타격코치

하동, '어쭈구리'와의 첫 만남은 유쾌하고 즐거웠다. 시골 강변에서 야구하는 사람들의 모습은 소탈했지만 학생들의 동계훈련을 유치하고 배팅케이지를 손수 만들어 준비하는 정성은 야무지고 대단했다. 책 한 권에 담겨 있는 이들의 열정과 파이팅은 사회인야구를 하는 사람들에게 희망이 될 것이다. 좋은 일만 있을 수도 없고, 나쁜 일만 생길 리도 없다. 막막했던 현실 앞에서 만난 작은 야구공 하나가 '패자부활전'이 되고 '스스로 꿈이 된' 이야기를 읽으며 섬진강변 어쭈구리 야구장을 다시 생각했다. 이들의 도전이 멈추지 않고 계속되기를 믿으며 야구인으로, 야구팬으로 그 세계가 확장되기 바란다. 어쭈구리가 만들어가는 작은 드라마에 힘찬 응원의 박수를 보낸다.

【어쭈구리 야구단】 선수 소개

여영모 ㅣ 초대 단장

**고물상 주인. 화안파. A형. 야구장정비
행동대장, 현재 (주)백안 대표.**

박정희 ㅣ 단장, 전 감독

**광양제철소 CCTV 유지 보수 업체
'나은통인' 대표. a형. 가수보다
노래를 잘하고, 밥 잘 사주는 잘생긴 형.**

이정운 ㅣ 2대 단장

오기와 끈기로 무장, 몰래 밤샘 연습을
해서라도 꼭 이기고 마는 성격. 공무원.

박정배 ㅣ 감독, 전 코치

1급 정비사 도색 정비 담당. A형. 마음이
약해서 큰소리를 못내는 소심한 감독.

김충민 ㅣ 코치

세한대학교 야구부 코치, 쌍방울 레이더스,
한화, SK 와이번스 연수출신. a형.
생활체육지도자로 하동에 왔다가
어쭈구리를 만남.

안진한 | 좌익수

농업기술센터 농기계수리. A형. 야구욕심이
많고 오랫동안 야구단 알림을 맡아하며
사무국장으로 고생함.

박상민 | 1루수

하동관내 인문사 편집차장.
요리를 잘하는 잔소리 대마왕. 부안출인.
(현, 사무국장)

김기철 | 2루수

부영건열 스폰서 1호. 화산파. A형.
야구단 이름 만든 언수.

전영주 | 포수

크레인, 스카이 기사. 짱짱한 일꾼.
형과 동생 사이에서 차남 역할을 한다.
야구장 정비의 달인.

차석환 | 투수

여영모의 회사에서 함께 일함.
A형. 도민체전 우승의 일등공인.
마무리투수이자 회원들이 인증하는
어쭈구리 에이스.

최용환 | 투수

읍내 유일 남자 미용사.
맥주 한 잔이 치사량.
회원들 중 가장 춤을 잘 춤.
야구유니폼을 리폼해 입는 멋쟁이.

이기역 | 3루수

어묵 탕을 가장 자주 끓여준 회원.
주말도 없이 일하느라 야구도 못하고 있는
원년멤버.

유상철 | 2루수

나은통인 직원. 안타 못 치면 오천 원,
매 경기 벌금 왕. 경기 중 최다 부상.

이수현 | 중견수

나은통인 직원. 청와대경호일에 근무하는
수환이의 형. 하고 싶은 말은 많은데 말이
잘 안 나와 면접만 보면 탈락.

이승용 | 3루수

특공부대출신으로 지금은 해양경찰공무원.
A형. 도전하기를 좋아하며 승부욕이 강함.
청혼을 위해 공무원시험에 합격함.

이재탁 | 2루수

나은중기 대표. 72년 쥐띠.
어쭈구리 중 하동이 고향이 아닌 언우.
친구, 박정희가 좋아서 회사이름을
'나은'으로 따라함.

박기수 | 투수

운전공무원. 낚시 광. a형.
신입에게 친절한 선배. 어쭈구리 맏형.

박병준 | 포수

운전공무원. 팀에서 가장 발이 느림.
지고지순한 타입.

억민재 | 명예회원

시인. 어쭈구리 대외홍보를 하고 있으며,
야구보다는 야구하는 사람들을 더 좋아함.
써포터즈.

안우석 | 유격수

이벤트회사 음향 엔지니어. 주말마다
축제가 많아 결석이 가장 많은 회원.
축제 전문 진행자.

오종현 | 2루수

화력발전소 근무. 꼼꼼하며 말도 없고 탈도 없다.
아기 업고 불일폭포 등산로 청소를 했던 순간을
안타 쳤던 순간보다 더 좋아함.

김종혁 | 신입회원

야구 이야기만으로도 사흘 밤을
새울 자신이 있다는 회원.
글쓰기를 좋아해 매 경기를 꼼꼼히 기록함.

김진홍 | 신입회원

다른 팀에서 활동하다가 입단한 연수.
현, 차석환의 배터리. 100킬로그램이
넘는 몸무게로 포수를 맡고 있음.

김태우 | 신입회원

고물상 신화 1도 모르는 완전 초짜 어쭈구리.
양상추를 키우며 김종혁과 같이 일함.

이태호 | 신입회원

재첩 잡는 어부.
눈만 봐도 착해 보여서 '입단 테스트' 통과.
힘이 좋아 기대가 큰 차기 타격왕.

승리하면 조금 배우지만,
패배하면 모든 것을 배울 수 있다.

크리스티 매튜슨*

---

* 크리스토퍼 "크리스티" 매튜슨(Christopher "Christy" Mathewson, 1880년 8월 12일~1925년 10월 7일): 미국의 전 메이저리그 베이스볼 우완 투수로, 데드 볼 시대의 투수이다. 1936년 야구 명예의 전당에 처음으로 입성한 '퍼스트 파이브' 중 한 명이다.

'시'와 '야구'가 '섬진강'에서 만났을 때

하동 '어쭈구리', 한국 유일 시인야구팀 '사무사'와 만나다

2017년 11월 18일, 섬진강변에서 하동 어쭈구리야구단과 한국시인야구단 사무사思無邪의 경기가 있었다.

어쭈구리(단장 이정운)는 하동대표 사회인야구단으로 도민체전 및 하동군수 배 야구대회 등에서 우수한 성적을 기록하고 있으며, 회원 수가 꾸준히 늘어나고 있는 팀이다.

이번 경기 상대는 어쭈구리에서 초청한 '시인야구단'인 '사무사(단장 이정주)'로 김병호(시인, 협성대교수) 코치, 김요안(평론가, 북레시피

대표) 주장, 박형준(시인, 동국대교수) 투수 이하 이승희, 고운기, 김요아킴, 김백상, 김남영 선수 등의 시인과 평론가들이 출전했다.

사무사는 2011년 창단된 한국 유일 시인야구단이다. 문학수도 하동에서 '야구'를 통해 '시'와 '시인'과 더 가까워지는 계기가 되었으며, '어쭈구리'를 알리고 더 넓게는 하동을 홍보하는 의미 있는 경기였다.

19번 국도의 아름다움에 반하고 하동포구와 송림공원, 백사장 그리고

섬진강변의 잔디구장이 정말 부럽다고 말한 사무사 선수들은 하동을 소재로 시를 쓰고 싶다고 했다.

사무사를 후원하는 시전문지 《시인수첩》과 출판사 [북레시피]에서 어쭈구리야구단에 시집과 서적 50권을 선물했으며, 이에 선수들이 배트를 들기 전 독서로 집중력을 높이겠다는 다짐이 있었다.

전직 프로야구선수였던 김충민(현, 목포세한대) 코치가 저녁자리에 합석하며 분위기가 더 무르익었다. 두

팀은 직장생활 밖에서 얻는 보람된 시간과 팀워크, 야구가 전하는 매력과 열정에 대해 이야기꽃을 피우며 밤 늦은 시간까지 우정을 쌓았다.

게임에서 승리한 사무사는 내년 경기를 기약하며 하동에서 준비한 대봉감과 인정을 듬뿍 싣고 서울로 향했다. 어울리지 않을 것 같은 '시'와 '야구'가 만났듯 시처럼, 시인처럼 지독히 올겨울 내내 연습하는 어쭈구리 단원들의 모습을 기대해본다.

— 어쭈구리 회원. 하동신문 **박상민 기자**

어쭈구리 야구단

초판 1쇄 발행 · 2018년 5월 25일

지은이 · 석민재
펴낸이 · 김요안
편집 · 강희진
디자인 · 김이삭

펴낸곳 · 북레시피
주소 · 서울시 마포구 신수로 59-1, 2층
전화 · 02-716-1228
팩스 · 02-6442-9684
이메일 · bookrecipe2015@naver.com | esop98@hanmail.net
홈페이지 · www.bookrecipe.co.kr | http://bookrecipe.modoo.at
등록 · 2015년 4월 24일(제2015-000141호)
창립 · 2015년 9월 9일

종이 · 화인페이퍼 | 인쇄 · 삼신문화사 | 후가공 · 금성LSM | 제본 · 대흥제책

ISBN 979-11-88140-25-1 03810

이 도서의 국립중앙도서관 출판예정도서목록(CIP)은 서지정보유통지원시스템
홈페이지(http://seoji.nl.go.kr)와 국가자료공동목록시스템(http://www.nl.go.
kr/kolisnet)에서 이용하실 수 있습니다. (CIP제어번호: CIP2018014612)